신과 영웅들의 전투,

그리스 로마 신화

신과 영웅들의 전투,

그리스 로마 신화

초판 1쇄 인쇄 2024년 10월 29일
초판 1쇄 발행 2024년 11월 7일

글 마르첼라 워드
그림 산데르 베르
옮긴이 위문숙

펴낸곳 도서출판 개암나무(주)
펴낸이 김보경
경영관리 총괄 김수현   **경영관리** 배정은 조영재
편집 조원선 김소희 오은정 이혜인   **디자인** 이은주   **마케팅** 이기성
출판등록 2006년 6월 16일 제22-2944호

주소 서울특별시 용산구 한남대로40길 19, 4층(한남동, JD빌딩) (우)04417
전화 (02)6254-0601, 6207-0603   **팩스** (02)6254-0602   **E-mail** gaeam@gaeamnamu.co.kr
개암나무 블로그 http://blog.naver.com/gaeamnamu   **개암나무 카페** http://cafe.naver.com/gaeam

ISBN 978-89-6830-849-9 73890

품명 아동 도서 | **제조년월** 2024년 11월 7일 | **사용연령** 11세 이상
제조자명 개암나무(주) | **제조국명** 대한민국 | **전화번호** 02-6254-0601
주소 서울특별시 용산구 한남대로40길 19, 4층(한남동, JD빌딩)

신과 영웅들의 전투,
그리스 로마 신화

마르첼라 워드 글   산데르 베르 그림   위문숙 옮김

🌳 개암나무

차 례

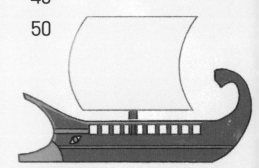

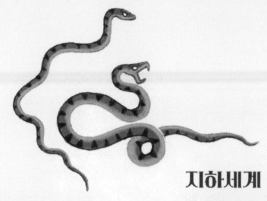

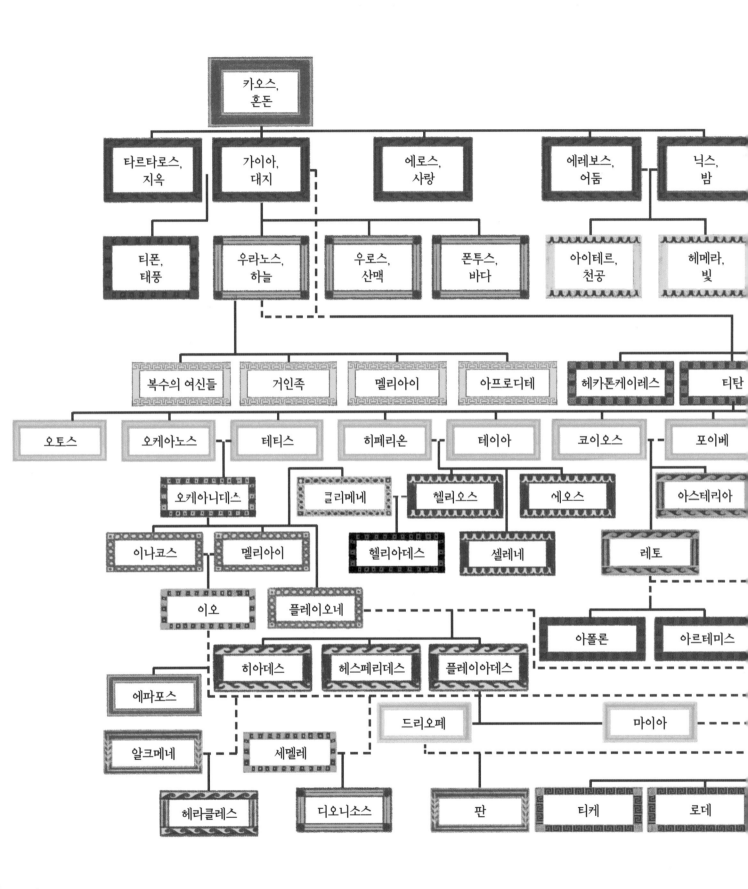

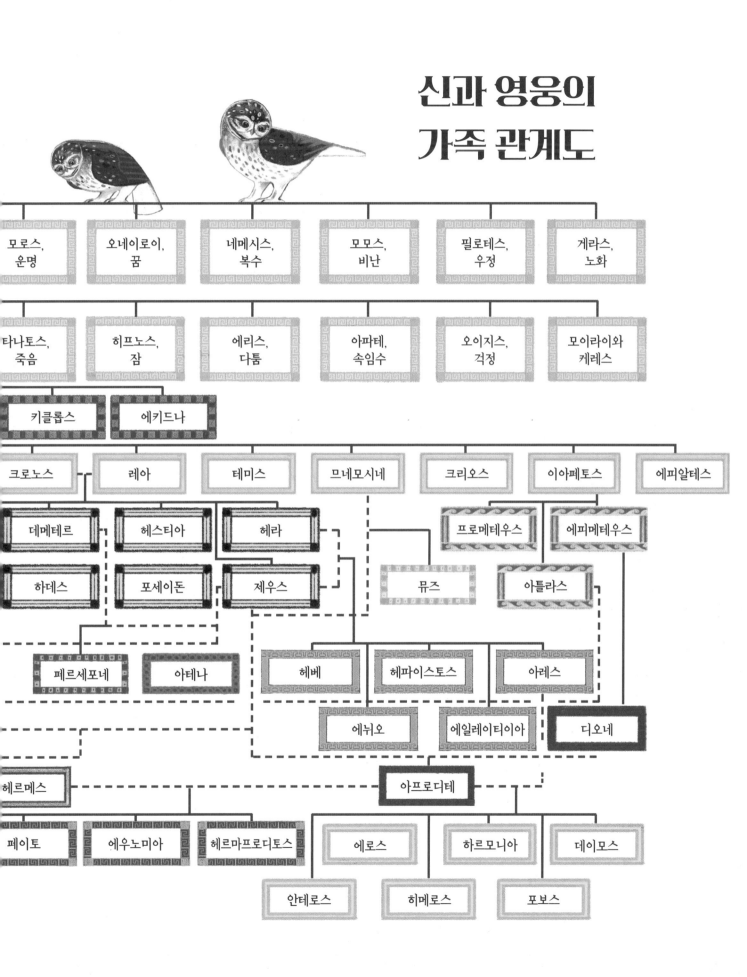

신과 영웅의 가족 관계도

| 모로스, 운명 | 오네이로이, 꿈 | 네메시스, 복수 | 모모스, 비난 | 필로테스, 우정 | 게라스, 노화 |

| 타나토스, 죽음 | 히프노스, 잠 | 에리스, 다툼 | 아파테, 속임수 | 오이지스, 걱정 | 모이라이와 케레스 |

키클롭스 · 에키드나

크로노스 · 레아 · 테미스 · 므네모시네 · 크리오스 · 이아페토스 · 에피알테스

데메테르 · 헤스티아 · 헤라 · 프로메테우스 · 에피메테우스

하데스 · 포세이돈 · 제우스 · 뮤즈 · 아틀라스

페르세포네 · 아테나 · 헤베 · 헤파이스토스 · 아레스

에뉘오 · 에일레이티이아 · 디오네

헤르메스 · 아프로디테

페이토 · 에우노미아 · 헤르마프로디토스 · 에로스 · 하르모니아 · 데이모스

안테로스 · 히메로스 · 포보스

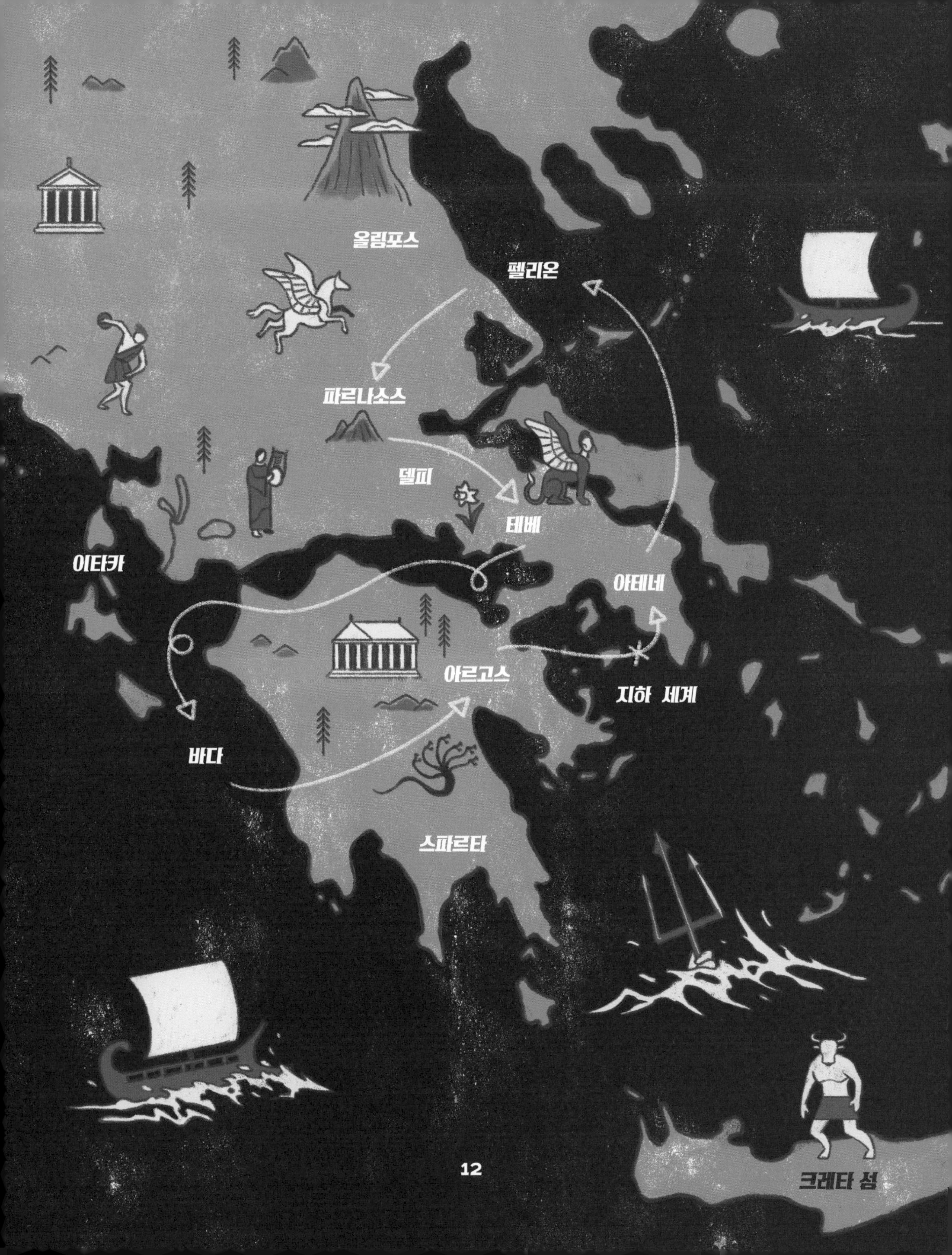

올림포스

펠리온

파르나소스

델피

테베

아테네

이타카

아르고스

지하 세계

바다

스파르타

12

크레타 섬

고대 그리스 지도

아테네

꼬마 올빼미는 발톱을 쫙 펴고 따듯한 바람을 맞으며 파닥파닥 날갯짓해 판테온 신전 꼭대기에 내려앉았어요. 신전은 아테네 가장 높은 곳에 우뚝 솟아 있었지요. 꼬마 올빼미는 이쪽에서 저쪽까지 고개를 돌려가며 찬찬히 둘러보았어요. 배 여러 척이 피레우스 항구에 서 있었고 저 멀리 섬들 주변에는 바닷물이 일렁거렸어요. 펠로폰네소스 산맥 너머로 태양이 뉘엿뉘엿 가라앉고 있었어요. 사람들이 헤파이스토스 신전의 밤을 밝히려고 장작을 쌓는 모습이 어렴풋이 보였으며, 대리석으로 조각한 여인상들의 뺨도 눈에 들어왔어요. 여인 조각상들은 원래 살아 있는 사람이었어요. 그런데 조각상이 되어 평생토록 신전 지붕을 머리로 떠받드는 형벌을 받았지요. 꼬마 올빼미는 파르테논 신전의 지붕에 앉아 있다 어린 까치가 아레오파고스 언덕에서 먼지를 날리며 폴짝폴짝 돌아다니는 모습을 발견했어요. 아레오파고스는 아테나 신의 남매인 아레스에게 바친 커다란 바위 언덕이에요.

꼬마 올빼미는 머리 위에서 푸드덕하고 귀에 익은 날갯짓 소리가 들리자, 노란색 눈을 치켜뜨고 올려다보았어요. 할아버지 올빼미가 곁에 내려앉았어요.

할아버지 올빼미가 짓궂게 놀렸어요.

"저 까치를 잡으러 날아갈 생각은 아니겠지? 네가 과연 저 녀석을 여기까지 가져올 수 있을까?"

꼬마 올빼미는 살짝 약이 올라 깃털이 파르르 떨렸지만, 할아버지를 만났다는 반가움이 더 컸어요.

"아테네가 얼마나 큰 도시인지 생각하고 있었어요. 많은 사람이 모여 살잖아요. 우리 올빼미들은 아테나 덕분에 여기 앉아 이 모든 것을 볼 수 있으니 정말

운이 좋아요."

할아버지 올빼미는 고개를 갸웃거렸어요. 꼬마 올빼미가 갑자기 세상에 흥미를 느낀 게 놀라웠거든요.

꼬마 올빼미는 할아버지를 보며 눈을 깜박거렸어요.

"그런데 신화가 뭐예요?"

할아버지 올빼미는 어떻게 대답할지 머뭇거렸어요.

"들어 볼 만한 말이란다."

꼬마 올빼미가 다시 물었어요.

"이야기랑 비슷한가요?"

"우리가 누구인지 알려 주는 이야기야. 진실한 이야기라고 할까? 진실에 가까운 이야기라고 할 수도 있겠구나."

꼬마 올빼미는 알쏭달쏭한 표정으로 물었어요.

"전설 같은 거예요?"

할아버지는 잠깐 뜸을 들였어요.

"언젠가 사람들이 아테네 우물에서 꺼낸 동전을 본 순간 올빼미들의 반짝이는 눈과 마주칠 거야. 그러고는 그 올빼미들의 모험에 대해 이야기를 나누겠지. 그 이야기가 전설이란다. 왜냐하면 전설은 역사를 참고하거나 실제 사건을 바탕으로 하거든."

할아버지 올빼미는 꼬마 올빼미가 이해하기를 기다리다가 입을 열었어요.

"신화는 역사와 아무 상관이 없어. 신화란 참되고 올바른 이야기거든."

꼬마 올빼미는 무척 헷갈렸지만, 시치미를 떼고 물었어요.

"그렇다면 아테나는 신화인가요?"

할아버지 올빼미는 가만히 생각에 잠겼어요. 아테나는 아테네를 세운 전쟁과 지혜의 신이에요. 할아버지 올빼미는 아테나와 올빼미들이 특별한 관계를 맺었다고 기억했어요.

"오, 아니지!"

할아버지 올빼미는 빙그레 웃고 나서 덧붙였어요.

"아테나는 진짜야. 어쨌든 진짜나 다름없단다."

할아버지 올빼미가 계속 말을 이었어요.

"올빼미들이 처음부터 아테네에 산 건 아니란다."

꼬마 올빼미는 놀란 나머지 노란색 눈이 왕방울만큼 커졌어요. 자기뿐만 아니라 모든 올빼미가 줄곧 아테네에서 살았다고 생각했거든요. 꼬마 올빼미는 할아버지에게 그 이야기를 해 달라고 졸랐어요. 할아버지 올빼미와 사람들은 이야기의 시작 부분이 달랐어요. 사람들의 이야기에는 올림포스산에 살던 제우스와 아테나, 그 밖의 여러 신들이 등장했어요. 올빼미들이 아는 이야기는 좀 달랐어요. 올빼미들의 이야기에는 신들이 등장하기 전의 세상이 펼쳐졌어요. 심지어 올빼미들도 나타나기 전이지요. 올빼미들은 그 이야기에서 온갖 지혜를 얻었기에, 할아버지 올빼미 역시 처음부터 이야기하기로 마음 먹었어요. 할아버지 올빼미는 석양으로 물든 하늘을 흘낏 바라보았어요. 어둠이 밀려올 시간이었어요. 식구들에게 먹일 생쥐를 잡으려면 밤에 열심히 돌아다녀야 했어요.

그렇지만 할아버지 올빼미는 이야기를 시작했어요.

세계의 시작

옛날 옛적, 땅이나 바다가 생기기 전에는 세계가 다 똑같았단다. 안개가 깊이 드리워져 있고 그 속에서 모든 게 미세한 알갱이 상태로 뒤죽박죽 섞여 있었어. 그때는 세계에 이름이 없어서 그리스인들은 그곳을 카오스, 그러니까 '혼돈'이라고 불렀어. 딱히 어울리는 말이 없었거든. 세계는 따듯하고 차가웠으며, 밝고 어두웠고, 성스러운 동시에 인간적이었으며, 축축하고 보송보송했단다. 그런데 어찌 된 영문인지 카오스에 질서가 잡혔어. 땅이 바나 위로 쑥 솟아오르더니 하늘과 멀어졌어. 몇몇 사람들은 시간의 신, 크로노스가 뒤엉킨 걸 풀어서 하나하나 이름을 붙이고 자리를 정해 줬다고 주장했어. 반면에 어떤 사람들은 크로노스가 생겨나지도 않은 때라고 했지. 별은 하늘에서 반짝이고 바다는 끊임없이 해안가로 밀려왔다 쓸려 나갔으니, 세계는 날마다 규칙적으로 돌아가는 셈이었어. 하늘과 바다에서 떨어져 나온 땅은 아직 황금색으로 빛났어. 땅을 일구는 농부도 아예 없었지.

19

신들과 거인들과 티탄들은 땅에서 함께 어울려 살았어. 누가 심지 않아도 들판 곳곳에 온갖 과일이 주렁주렁 열렸고 채소가 쑥쑥 자라났지. 이 황금시대에는 늙거나 허약해지는 자가 없었어. 때가 되면 편안하게 지하 세계를 향해 걸어갔는데 나이 들어 보이지 않았어. 그때까지 아테네는 존재하지 않았지.

카오스는 어둠과 밤이라는 두 명의 어두침침한 자식을 두었어. 어둠과 밤 역시 자녀가 생겼는데 이름이 빛이었으니 부모와 완전 딴판이었지. 한편 대지의 신 가이아는 하늘의 신 우라노스와 사랑에 빠져서 자녀를 셀 수 없이 많이 낳았어. 처음에 태어난 여섯 아들과 여섯 딸을 티탄이라고 불렀어. 티탄은 사람과 무척 닮았어. 그러나 얼마나 거대한지 아무리 멀리서 봐도 그들을 한눈에 담을 수 없었단다. 가이아와 우라노스는 아들 셋을 더 낳았는데 티탄만큼 몸집이 큰 데다 손이 백 개나 달려 있었어. 가장 나이 어린 자녀인 키클롭스는 뒷모습만 형제자매와 비슷할 뿐 이마 한가운데에 눈 하나가 박혀 있었어. 그리스인들이 알고 있는 모든 신뿐만 아니라 먼 훗날의 인간들까지 가이아와 우라노스의 자손이야. 물론 당시에는 인간이 존재하지 않았단다.

꼬마 올빼미는 아테네 도시 이전은 물론이고, 신과 인간, 논밭과 전쟁, 아테나 신 이전의 세계가 전혀 상상되지 않았어요.

"그럼 올빼미들은 아테네로 오기 전에 어디에 살았나요?"

할아버지 올빼미는 고개를 돌려 북쪽을 바라보았어요. 할아버지 올빼미의 부리가 저 멀리 아스라이 보이는 해안을 따라 움직이다 어둠 저편의 머나먼 펠리온산을 가리켰어요. 올빼미들이 커다란 가족을 이루고 평화롭게 살던 곳이었어요. 할아버지 올빼미는 첫 번째 고향이 되어 준 펠리온산은 꼭대기에 울창한 소나무 숲이 있었다고 설명했어요.

"올빼미들의 옛 고향을 한번 볼 테냐?"

할아버지 올빼미는 대답을 기다리지도 않고 아래쪽 바위 언덕으로 훌쩍 뛰어내리더니 날개를 활짝 펼쳤어요. 그리고 푸드덕 날갯짓 한 번으로 높이 치솟았어요. 꼬마 올빼미는 숨을 깊이 들이마시고 뒤따랐어요.

올빼미들은 옛 고향을 찾아 밤하늘로 날아올랐어요. 할아버지 올빼미는 하늘을 날며 아테나와 아테네시가 아예 사라질 뻔했던 이야기를 들려주었어요.

제우스가 태어나다

    가이아 신과 우라노스 신의 아들인 크로노스 신은 티탄의 우두머리였어. 그는 친절한 마음이나 가족에 대한 사랑 따위라고는 눈곱만큼도 없었어. 그저 자식들이 자라서 자리를 빼앗고 세계를 차지할까 봐 두려웠어. 권력을 빼앗기기 싫어서 자식이 태어날 때마다 꿀꺽 삼켜 버렸지. 크로노스의 아내 레아는 남편에게 권력에 집착하지 말고 죄 없는 아기들을 살려 달라고 애원했어. 그러나 아기가 태어나면 품에 제대로 안아 보기도 전에 빼앗기기 일쑤였어.

    레아는 그렇게 아이 다섯을 잃고 나서, 배 속에 여섯 번째 아기가 자라날 때는 한 가지 대책을 마련했어. 남편의 손길을 벗어나기 위해 바다 한가운데에 자리한 크레타섬으로 달아난 거야. 동굴 속에 꼭꼭 숨어서 몰래 아기를 낳은 뒤 제우스라는 이름을 붙여 주었어. 그러나 바다는 크로노스를 끝까지 막아 주지 못했단다. 제우스를 낳은 지 며칠 지나기도 전에 꿀벌 요정들이 불안하게 날갯짓하기 시작했어. 크로노스의 배가 도착했거든. 크로노스가 거대한 발을 쿵쿵 내디딜 때마다 동굴 벽이 흔들렸어. 레아는 남편과 결판을 짓고자 갓 태어난 제우스를 꿀벌 요정들에게 맡겼어. 그다음 어마어마한 힘을 발휘하여 벽에서 바윗덩어리를 떼어 냈지. 그러고는 손수 짜 놓은 부드러운 담요로 바윗덩어리를 꽁꽁 싸매고서 품에 꼭 껴안았어. 레아는 아들 제우스에게 작별의 입맞춤을 한 뒤 제우스를 그대로 두고 동굴 밖으로 나갔어.

크로노스는 아내의 품에 안긴 게 태어난 아기라고 착각했어. 오래전에 들었던 예언이 귓가에 쟁쟁했어. 언젠가 자식에게 목숨을 잃고 세계를 배앗긴다는 예언 말이야.

"아기 이름을 제우스라고 지었어요."

레아는 남편에게 혹시라도 늘킬까 봐 눈길을 피하며 아기로 위장한 바윗덩어리를 꼭 껴안았어. 크로노스는 그 바윗덩어리를 낚아채더니 담요 안에 뭐가 들었는지 확인하지 않고 뱀처럼 입을 쫙 벌려서 통째로 삼켜 버렸어. 그러고는 한 손으로 아내를 번쩍 들더니 단 세 걸음 만에 해변을 지나 배로 돌아왔어. 바람에 명령을 내리자 배는 눈 깜짝할 사이에 바다를 건너갔어.

제우스는 동굴에서 꿀벌 요정들과 함께 살다가 어느 정도 자랐을 때 아버지가 저지른 짓을 알게 되었어. 섬을 이리저리 거닐며 아버지가 얼마나 잘못했는지 알려 줄 수 있는 방법을 고민했어. 어느 날, 해안가에 서 있는데 찰싹찰싹 부서지는 파도 소리 너머로 어떤 목소리가 들려왔어.

　제우스가 몇 걸음 내딛자, 바닷물이 발목에서 찰랑거렸어.
그 순간 젊은 여인이 하얀 물보라를 일으키며 나타났어. 바다 요
정 메티스였지. 제우스는 메티스가 마법의 약을 만든다는 전설은 들
어 본 적 있었지만, 직접 만난 건 처음이었어. 메티스가 젖은 손으로 초록색
병을 내밀었어. 그 병을 가만히 쥐고 있는데 액체가 쉭쉭 소리를 내며 부글부글 끓어올랐
어. 제우스는 그야말로 안성맞춤인 묘약을 구한 셈이었지.

　크로노스는 묘약을 마시자마자 배를 움켜쥐더니 웩웩 토하기 시작했어. 입 밖으로 어
마어마한 물줄기가 뿜어져 나오더니 제우스의 형제자매가 허우적거리며 모습을 드러냈
어. 제우스는 죽을힘을 다해 헤엄치는 형제자매를 살펴보았어. 헤스티아와 데메테르, 헤
라, 하데스, 포세이돈이었어. 크로노스의 배에서 마지막으로 튀어나온 건 제우스인 줄 알
고 삼켰던 바윗덩어리였어.

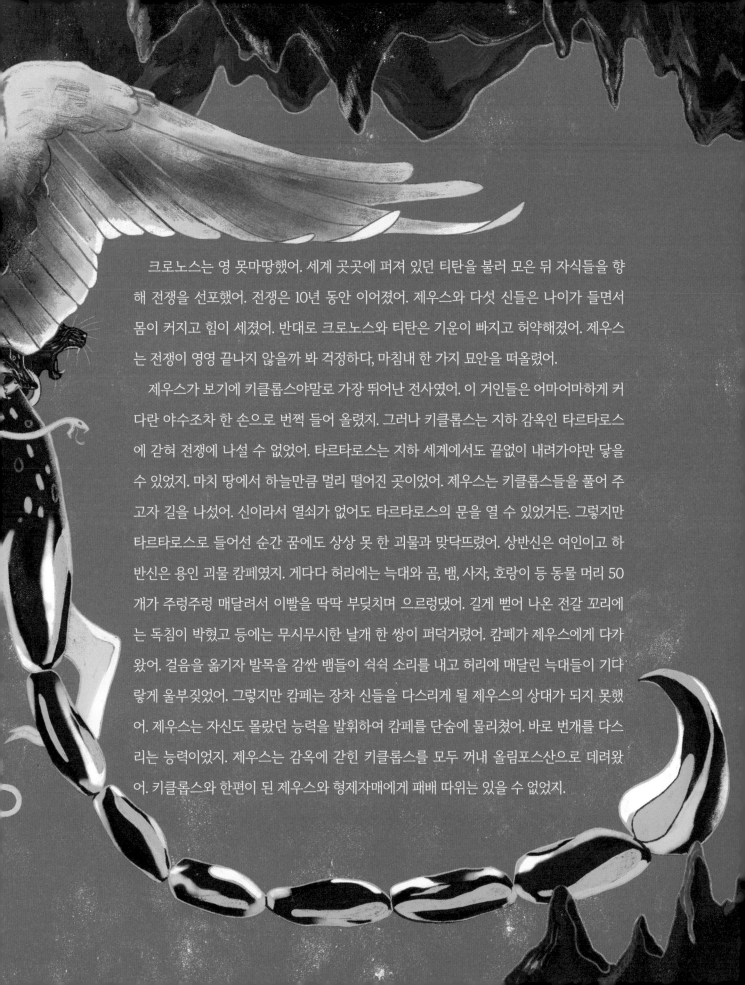

크로노스는 영 못마땅했어. 세계 곳곳에 퍼져 있던 티탄을 불러 모은 뒤 자식들을 향해 전쟁을 선포했어. 전쟁은 10년 동안 이어졌어. 제우스와 다섯 신들은 나이가 들면서 몸이 커지고 힘이 세졌어. 반대로 크로노스와 티탄은 기운이 빠지고 허약해졌어. 제우스는 전쟁이 영영 끝나지 않을까 봐 걱정하다, 마침내 한 가지 묘안을 떠올렸어.

제우스가 보기에 키클롭스야말로 가장 뛰어난 전사였어. 이 거인들은 어마어마하게 커다란 야수조차 한 손으로 번쩍 들어 올렸지. 그러나 키클롭스는 지하 감옥인 타르타로스에 갇혀 전쟁에 나설 수 없었어. 타르타로스는 지하 세계에서도 끝없이 내려가야만 닿을 수 있었지. 마치 땅에서 하늘만큼 멀리 떨어진 곳이었어. 제우스는 키클롭스들을 풀어 주고자 길을 나섰어. 신이라서 열쇠가 없어도 타르타로스의 문을 열 수 있었거든. 그렇지만 타르타로스로 들어선 순간 꿈에도 상상 못 한 괴물과 맞닥뜨렸어. 상반신은 여인이고 하반신은 용인 괴물 캄페였지. 게다다 허리에는 늑대와 곰, 뱀, 사자, 호랑이 등 동물 머리 50개가 주렁주렁 매달려서 이빨을 딱딱 부딪치며 으르렁댔어. 길게 뻗어 나온 전갈 꼬리에는 독침이 박혔고 등에는 무시무시한 날개 한 쌍이 퍼덕거렸어. 캄페가 제우스에게 다가왔어. 걸음을 옮기자 발목을 감싼 뱀들이 쉭쉭 소리를 내고 허리에 매달린 늑대들이 기다랗게 울부짖었어. 그렇지만 캄페는 장차 신들을 다스리게 될 제우스의 상대가 되지 못했어. 제우스는 자신도 몰랐던 능력을 발휘하여 캄페를 단숨에 물리쳤어. 바로 번개를 다스리는 능력이었지. 제우스는 감옥에 갇힌 키클롭스를 모두 꺼내 올림포스산으로 데려왔어. 키클롭스와 한편이 된 제우스와 형제자매에게 패배 따위는 있을 수 없었지.

아테나가 태어나다

　제우스 신은 형제자매와 힘을 합칠 수 있어서 기뻤어. 묘약을 건네준 메티스도 무척 고마웠지. 바다에서 솟아난 메티스는 똑똑하고 젊은 여인이었어. 제우스도 메티스를 사랑했기에 메티스의 청혼을 받아들였단다. 얼마 지나지 않아 제우스도 아버지와 똑같은 예언을 듣게 되었어. 제우스는 괴로움에 빠졌어. 메티스의 임신 소식을 들었을 때 아기가 자라면 아버지보다 강해진다는 예언이 바로 떠올랐어. 그 예언은 제우스의 머릿속에 끊임없이 맴돌았어. 제우스는 메티스를 획 낚아챈 뒤 입을 한껏 벌려 삼켜 버렸어. 그러나 메티스는 제우스보다 똑똑했어. 제우스 몸속에 가만히 숨어서 아기가 태어날 때까지 기다리기로 했지. 곧 태어날 딸을 위해 갑옷을 만들고 자그마한 방패들, 투구와 창을 단련*했어. 메티스가 갑옷과 무기를 불에 달굴 때마다 제우스는 속이 타들어 가는 듯했어. 그렇지만 소화 불량이겠거니 하며 그냥 넘겼어.

　얼마 뒤 제우스는 머리가 깨질 듯 아파서 올림포스산이 떠나가라 고래고래 비명을 질렀어. 여러 신이 제우스가 왜 고통스러워하는지 궁금해서 당장 쫓아왔어. 대장장이의 신 헤파이스토스가 가장 먼저 도착했는데 얼마나 서둘렀는지 공들여 만들던 거대한 도끼를 그대로 들고 올 정도였지. 헤파이스토스는 제우스를 가만히 살펴보았어. 제우스의 머리통에서 뭔가가 툭툭 불거졌어. 처음에는 자그마한 주먹 모양의 혹들이 제우스 귀 뒤에서 불끈 튀어나오더니 이내 왼쪽 눈두덩에도 솟아났어. 헤파이스토스는 제우스의 머릿속에 돌아다니는 걸 꺼내려고 머리통을 도끼로 길게 갈랐어. 갈라진 머리통 틈으로 창이 삐져나오는 순간 제우스가 고통스러워하며 외마디 비명을 질렀어. 이내 자그마한 손

단련 쇠붙이를 불에 달군 후 두드려서 단단하게 함.

26

과 투구가 보이더니 청동 갑옷을 걸친 어깨가 나타났어. 당장
이라도 전쟁터에 나갈 것 같은 차림이었어. 맞아, 바로 아테나
신이었지. 아버지의 머리 밖으로 튀어나온 아테나는 멀리 달
아났어. 청동 방패가 햇볕에 반짝였지.

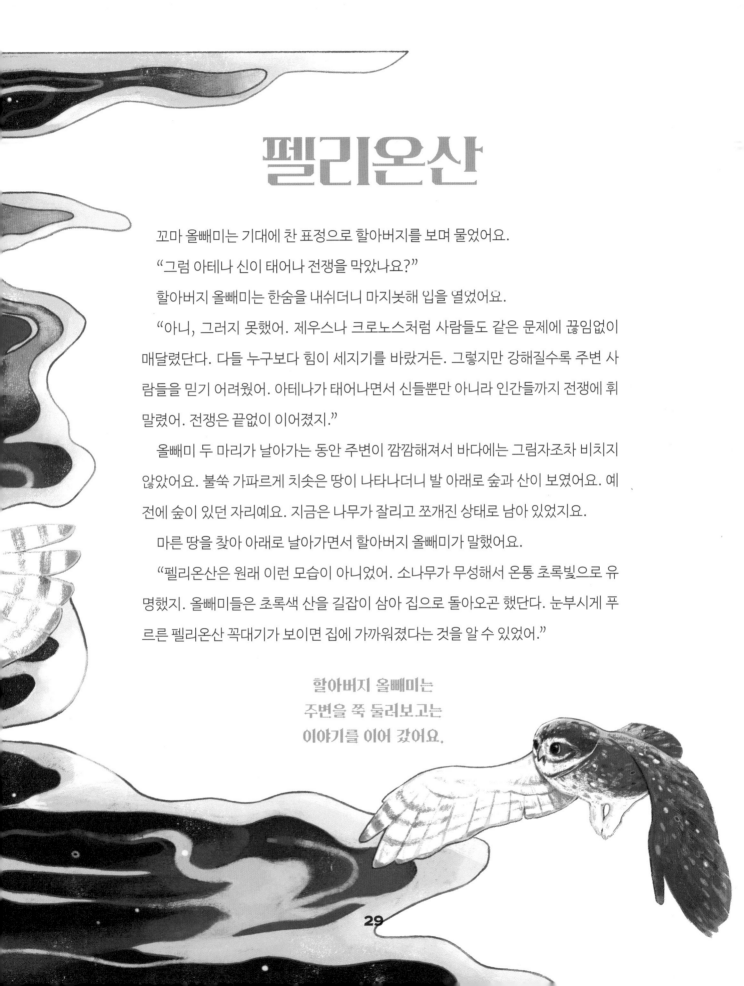

펠리온산

꼬마 올빼미는 기대에 찬 표정으로 할아버지를 보며 물었어요.

"그럼 아테나 신이 태어나 전쟁을 막았나요?"

할아버지 올빼미는 한숨을 내쉬더니 마지못해 입을 열었어요.

"아니, 그러지 못했어. 제우스나 크로노스처럼 사람들도 같은 문제에 끊임없이 매달렸단다. 다들 누구보다 힘이 세지기를 바랐거든. 그렇지만 강해질수록 주변 사람들을 믿기 어려웠어. 아테나가 태어나면서 신들뿐만 아니라 인간들까지 전쟁에 휘말렸어. 전쟁은 끝없이 이어졌지."

올빼미 두 마리가 날아가는 동안 주변이 깜깜해져서 바다에는 그림자조차 비치지 않았어요. 불쑥 가파르게 치솟은 땅이 나타나더니 발 아래로 숲과 산이 보였어요. 예전에 숲이 있던 자리예요. 지금은 나무가 잘리고 쪼개진 상태로 남아 있었지요.

마른 땅을 찾아 아래로 날아가면서 할아버지 올빼미가 말했어요.

"펠리온산은 원래 이런 모습이 아니었어. 소나무가 무성해서 온통 초록빛으로 유명했지. 올빼미들은 초록색 산을 길잡이 삼아 집으로 돌아오곤 했단다. 눈부시게 푸르른 펠리온산 꼭대기가 보이면 집에 가까워졌다는 것을 알 수 있었어."

할아버지 올빼미는
주변을 쭉 둘러보고는
이야기를 이어 갔어요.

형벌을 받은 프로메테우스

또 전쟁이 벌어졌어. 제우스와 형제자매가 한편이었고 상대는 티탄이었어. 신들이 머무는 올림포스산은 워낙 높아서 티탄조차 까치발을 들어도 산꼭대기가 보이지 않았어. 티탄인 오토스와 에피알테스는 무슨 수를 써서라도 제우스와 그의 형제자매를 두 눈으로 보고 싶었어. 그래서 북쪽의 펠리온산을 떼어다가 오사산 꼭대기에 척 올려놓았어. 산을 계단 삼아 기어올라 올림포스로 갈 계획이었지. 그러나 오토스와 에피알테스가 산에 오른 순간, 시와 음악의 신 아폴론이 둘을 발견하고 힘껏 걷어차서 지하 세계로 떨어트렸어.

신들은 피바람 속에서 승리를 거두었어. 제우스는 상대편인 티탄을 지하 세계로 추방했어. 그러나 프로메테우스와 그의 동생 에피메테우스는 전쟁에 끼어들지 않은 티탄이라 형벌을 면했어. 제우스는 두 젊은이에게 각각 일을 맡겨 자신을 돕도록 했어. 에피메테우스는 땅에 사는 동식물에게 신의 선물을 전달하는 임무를 맡았어. 프로메테우스는 조금 더 어려운 사람을 빚는 일을 맡았지.

프로메테우스는 질질 끌지 않고 바로 일을 시작했어. 며칠에 걸쳐 진흙을 꼼꼼하게 빚어서 사람 형상을 만들었어. 일을 마치자 아테나를 찾아가 완성한 사람 형상에 생명을 불어넣어 달라고 요청했어. 한편 에피메테우스는 세상의 동식물에게 선물을 나눠 주는 일에 푹 빠졌어. 개에게 충성심을 주었고 여우에게 교활함을 주었으며 거미에게 거미줄 짜는 능력을 주었어. 물고기는 반짝이는 비늘을 얻은 덕분에 바다를 요리조리 자유롭게 헤엄칠 수 있었지. 에피메테우스가 신나게 선물을 나눠 주는 바람에 막상 프로메테우스가 빚어낸 사람이 생명을 얻었을 때는 선물 주머니가 텅 비어 있었어. 에피메테우스는 사람에게 아무것도 줄 수 없었어.

프로메테우스는 동생의 행동이 몹시 아쉬웠어. 그래서 이제 막 생명을 얻어 숨을 쉬는 사람들에게 다른 두 가지를 마련해 주겠다고 굳게 다짐했어. 우선 모든 동물 중에서 사람만 신과 똑같이 두 발로 걷게끔 만들어 주기로 했어. 그리고 사람이 불을 피울 수 있게 해 주겠다고 약속했어. 이 약속은 프로메테우스를 곤경에 빠트렸어. 이미 제우스가 오로지 신만 불을 다룰 수 있다고 경고했거든. 프로메테우스는 그 경고가 떠올랐지만 애써 떨쳐 버렸어. 그냥 팔을 쭉 뻗어서 활활 타오르는 태양의 불길을 횃불에 옮겨 붙이고는 땅으로 가져왔어. 제우스는 불길이 하늘에서 땅으로 옮겨 가는 모습을 보자마자 분노가 치밀었어. 그래서 프로메테우스에게 가장 지독한 형벌을 내렸어.

제우스는 그 누구도 상상할 수 없을 만큼 멀리 떨어진 코카서스산으로 프로메테우스를 추방한 뒤 거대한 바위에 칭칭 묶어 놓았어. 그리고 날마다 독수리를 보냈어. 독수리는 프로메테우스의 살점을 뚝 떼어 꿀꺽 삼키고 간을 콕콕 쪼아 댔어. 제우스가 밤마다 프로메테우스의 간을 되살리는 바람에 프로메테우스는 죽지도 못했어. 세월이 수백 년이나 흘렀지만 프로메테우스는 여전히 바위에 꼼짝없이 묶인 채 굶주린 독수리에게 매일 간을 뜯겼어. 제우스에게 차라리 지하 세계로 보내 달라고 날마다 애원했어. 하지만 제우스는 프로메테우스의 간청을 무시하고는 누군가 대신 목숨을 내놓지 않는 한 죽지 못한다고 덧붙였어. 프로메테우스는 그런 희생을 치를 자는 아무도 없다고 생각했어.

판도라

    제우스 신은 화가 여전히 풀리지 않았어. 그래서 대장장이의 신 헤파이스토스에게 온 갖 상상력을 발휘하여 가장 아름다운 형상을 만들라고 요구했어. 얼마 뒤 헤파이스토스 가 형상을 완성하자 여러 신이 갖가지 재능을 불어넣었어. 에피메테우스가 동물들에게 나눠 주었던 지혜, 호기심, 충성심 등이었어. 그 형상에 '판도라'라는 이름을 붙였어. 신들 은 판도라에게 무척이나 어려운 일을 맡겼어. 항아리 하나를 안전하게 지키면서 어떤 일 이 벌어져도 열지 말라고 당부했지. 그러고는 에피메테우스를 찾아가라고 땅으로 보냈어.

    에피메테우스는 형 프로메테우스에게 제우스가 복수심에 속임수를 쓸지 모른다는 경 고를 받았지만, 판도라가 문 앞에 나타나자 아무것도 생각나지 않았어. 그래서 판도라를 집으로 들인 뒤 비밀에 싸인 항아리에 대해 밤새 이야기를 나눴어. 둘 다 신들의 뜻을 따 르기로 마음먹었지만 신들은 그 마음을 지키는 게 얼마나 어려운지 잘 알고 있었어. 결국 판도라는 호기심을 이기지 못하고 항아리 뚜껑을 살짝 열고 말았어.

    항아리가 달그락달그락 움직였어. 판도라는 뒤로 물러나다 엉덩방아를 찧으며 항아리 를 바닥에 떨어뜨렸어. 항아리는 데굴데굴 굴러갔고 사정없이 흔들렸어. 곧이어 빙글빙 글 돌아가다가 제우스가 꽁꽁 넣어 둔 사악한 마음이 하나둘 튀어나왔어. 판도라와 에피 메테우스가 겁에 질린 사이에 시기, 교만, 증오, 복종, 불화, 위선, 기만, 불평등, 불신 등 수 천 개의 사악한 마음이 자그마한 날개를 퍼덕이며 날아가 버렸어. 판도라는 여기저기 뛰 어다니며 다시 담으려고 애썼지만 사악한 마음들은 잽싸게 세계 곳곳으로 퍼져 나갔어.

    항아리가 더는 흔들리지 않자 판도라는 항아리를 들어 바닥을 보았어. 자그마한 날개 한 쌍이 파르르 떨면서 항아리 바닥에 붙어 있었어. 사악한 마음들의 날개와 비슷한 구 석이 전혀 없었어.

판도라는 항아리를 기울여 날개 가운데에 보이는 글자를 읽었어. **희망.** 판도라는 항아리를 뒤집어서 흔들었어. 그러고는 희망이 사악한 마음들을 따라가는지 보려고 항아리를 든 채로 기다렸어. 희망은 움직이지 않았어. 판도라는 희망이 담긴 항아리 뚜껑을 닫았어. 희망마저 없었다면 사람들에게 아무것도 남지 않았을 거야.

반인반마 케이론

펠리온산의 어두컴컴한 동굴에 케이론이 살았어. 케이론은 몸의 절반이 사람이고 절반은 말인 반인반마, 켄타우로스야. 지혜롭기로 유명했으며 음악의 신 아폴론한테 시를 배웠어. 그리스 곳곳의 젊은이들은 케이론이 사는 동굴로 와서 공부했지. 케이론 역시 티탄의 자손이라 영영 죽지 않는 존재였어.

케이론의 제자 중에 헤라클레스라는 청년도 있었어. 세상 사람들은 시간이 흐르고서야 헤라클레스의 힘을 깨달았지만 케이론은 헤라클레스가 어릴 때부터 눈치챘어. 시간이 흘러서 훌쩍 자란 헤라클레스가 펠리온산에 다시 방문했어. 그리고 오랜 친구인 폴루스를 찾아가 함께 식사를 즐겼어. 폴루스는 음식에 곁들이려고 포도주가 담긴 병을 열었어. 그런데 포도주의 신 디오니소스의 술이라는 사실을 까맣게 몰랐던 거야. 머리를 어지럽히는 포도주 향이 나른 켄타우로스들이 사는 농굴로 퍼져 나갔어. 켄타우로스들은 포도주를 한 모금이라도 마시기 위해 밤길을 달려와 폴루스를 공격했어.

헤라클레스는 켄타우로스를 막아 내려고 독화살로 마구 공격했어. 켄타우로스 수가 점점 늘어나자 헤라클레스는 친구를 지켜야 한다는 생각에 쉴 새 없이 화살을 날렸어.

별안간 누군가 외치는 소리가 들렸어.

"헤라클레스, 나야, 멈춰!"

그러나 헤라클레스가 이미 활시위를 놓은 뒤였어. 그 순간 쿵 부딪히는 소리가 났어. 화살이 정확히 다리에 꽂히자, 케이론이 무릎을 꿇었어. 헤라클레스는 옛 스승 케이론을 바라보았어.

케이론은 쏟아지는 피를 멎게 하려고 두 손으로 다리를 감쌌지만 온몸으로 퍼져 나가는 고통까지 막지는 못했어. 켄타우로스 사이에 침묵이 흘렀어. 디오니소스의 포도주가 쏟아져서 눈 깜짝할 사이에 땅으로 스며들었는데도 누구 하나 알아채지 못했지. 헤라클레스는 눈물을 뚝뚝 흘렸어. 케이론은 영원히 죽지 않는 존재라서 죽음을 생각한 적이 없었어. 그러나 다리에서 시작된 통증이 엉덩이까지 밀려들자 죽음에 가까워졌다는 걸 알았지.

　몇 날 몇 주가 흐르는 동안 헤라클레스는 스승 곁에 머물며 시중을 들었어. 덕분에 케이론은 힘들게 돌아다니지 않았지. 헤라클레스는 어린 시절부터 케이론을 알고 지냈어도 배울 점이 아직 많이 남았다고 생각했어. 따라서 둘은 끝없이 이야기했어. 어느 날 헤라클레스는 케이론과 마주 앉아서 프로메테우스가 인간에게 불을 갖다준 바람에 신들에게 어떤 형벌을 받고 있는지 들려주었어.

　케이론은 침묵에 잠겼어. 젊은이들에게 스스로 생각하는 법을 가르치며 평생을 보냈지만 제우스가 왜 그런 형벌을 내렸는지 이해하기 어려웠어. 케이론이 제자들을 가르칠 때 이런 것을 가장 중요하게 여겼지.

　"자기 자신을 위한 지식은 아무짝에도 쓸모없다. 서로 나눌 때 우리는 성장하는 법이다."

　케이론은 제자들을 가르치던 동굴 벽에 이 글귀를 오랫동안 붙여 놓았어. 프로메테우스가 불의 온기를 다른 이들과 나누려고 한 게 왜 죄란 말인가? 케이론은 프로메테우스가 벌을 받는 것은 옳지 않다고 생각했어.

그날 밤, 케이론은 커다란 목소리로 제우스를 향해 영원한 삶을 포기하고 프로메테우스의 형벌을 대신 받겠다고 기도했어. 기도를 다 마치지도 않았는데 발굽이 무거워지고 철컹철컹 쇠사슬 소리가 들렸어. 널따란 바위가 등에 느껴져서 주변을 둘러보니 아주 낯선 산꼭대기가 눈에 띄었어. 독수리가 속력을 높이며 갈비뼈 아래로 날아오자 케이론은 기도가 이뤄졌다는 사실을 깨달았어. 프로메테우스가 자유를 얻은 대신 케이론은 자신과 전혀 상관없는 형벌을 묵묵히 견뎌야 했어.

케이론이 영원토록 바위에 묶여 있었던 건 아니야. 제우스는 자기 뜻을 거스른 적 없는 케이론이 안쓰러웠어. 사흘이란 끔찍하고 고통스러운 시간이 지나고, 제우스는 케이론을 바위에서 풀어 준 뒤 하늘로 들어 올려 별로 만들었어. 그러고는 그리스의 젊은이들을 향해 우렁차게 외쳤어.

"답을 구하고 있다면 하늘을 올려다보라. 젊은이들이 세상에 대해 질문을 던지는 한 케이론은 별자리로 언제까지나 남아 있으리라."

제우스는 케이론이 켄타우로스라서 별자리 이름을 켄타우로스라고 지었어.

이아손과 아르고호 원정대

도끼로 나무를 처음 찍은 사람은 아르고스야. 아르고스는 펠리온산 꼭대기의 나무들을 한 그루씩 자른 뒤 나무껍질을 다듬어 길고 매끄러운 나무판을 만들었어. 그리고 깨진 도자기 조각을 이어 붙이듯 나무판을 이어서 배를 완성했어. 아르고스는 자신의 이름을 따서 배 이름을 '아르고'라고 지었어.

아르고스 혼자 계획한 일은 아니었어. 배는 아르고스가 아니라 이아손에게 필요했어. 이아손은 오래전에 벌어진 사건을 매듭짓기 위해 아르고스에게 일을 맡겼지.

이아손의 삼촌 펠리아스는 티로의 아들이야. 공주였던 티로는 대부분의 사람과 달리 인간이 아니라 에니피아강을 사랑했어. 그러나 에니피아강은 티로의 사랑을 받아 주지 않았어. 티로는 날마다 강기슭을 따라 거닐며 허리를 숙여 어두운 강물을 어루만졌어. 그리고 숨을 깊이 들이마신 뒤 강물 속으로 고개를 집어넣고 말을 걸었어. 그런데도 에니피아강은 한마디 대꾸조차 하지 않았어. 그저 티로만 그대로 두고 멀리멀리 세차게 흘러가 버렸어. 그러던 어느 날, 에니피아강이 평소와 달랐어. 티로가 살랑살랑 강물을 휘젓는데도 티로의 손을 피해 떠내려가지 않았어. 오히려 에니피아강이 방향을 거슬러서 티로 쪽으로 흘러오는 것 같았어. 게다가 티로가 고개를 물속으로 넣고 말을 걸자 대답했어.

"물속으로 풍덩 들어오라."

예상과 다르게 목소리가 착 가라앉고 위엄이 넘쳐 의심이 들었지만 애써 지웠어.

또 고개를 들어 올리자 희한하게 입술에 짠맛이 느껴졌지만 깊이 생각하지 않았어. 티로는 물속으로 풍덩 뛰어들고 나서야 맑은 강물이 아니라 짜디짠 바다라는 걸 알았어. 순간 몸이 얼어붙었어. 에니피아강이 아니라 제우스의 형제이자 바다를 다스리는 신, 포세이돈의 바닷물이 자신을 감싼 거야. 포세이돈은 속임수를 써서 티로가 사랑하는 강물처럼 굴었어. 티로는 헤엄쳐서 가까스로 강변으로 올라왔어. 그때 티로는 펠리아스와 넬레우스 쌍둥이를 임신했어.

다 자란 펠리아스와 넬레우스는 이올코스의 왕좌를 두고 죽일 듯이 싸운 끝에 몇 초 일찍 태어난 펠리아스가 승리를 거뒀어. 펠리아스는 누가 자기 자리를 빼앗을까 봐 전전긍긍해 형제들을 모조리 쫓아냈어. 그러다가 샌들을 한쪽만 신은 젊은이에게 언젠가 왕좌를 빼앗긴다는 예언을 듣게 되었어. 그 뒤로 유쾌할 때는 터무니없는 농담이라고 웃어넘겼지만 불안해지면 이올코스 거리를 돌아다니며 지나가는 젊은이들의 샌들 개수를 확인하느라 길바닥에서 눈을 떼지 못했어.

이아손은 티로의 추방당한 자손의 아들이었어. 펠리아스는 이아손이 태어나기 전부터 자신의 권력을 위협하는 존재라고 생각해 불안해했어. 그래서 이아손의 어머니가 이아손을 임신했을 때, 그녀의 집에 얼씬도 하지 않았지. 그런데도 시장에서 아기용 샌들을 보면 배 속에 있는 이아손이 생각나 초조해했지. 이아손의 어머니는 왕에게서 아들을 지킬 방법을 찾았어.

이아손이 태어나자 그의 어머니는 아기가 죽었다고 펠리아스를 속이기로 하고 궁중 여인들에게 소리 내어 울라고 지시했어. 장례식을 치르는 한편, 아들은 뒷문으로 빼돌려 펠리온산 동굴에 데려다 놓고, 켄타우로스인 케이론에게 이아손을 키워 달라고 맡겼어. 산이라면 아들이 안전할 것 같았거든. 여러 해가 지나고 이아손은 자신이 태어났던 이올코스를 찾아가려고 집을 나섰어.

길을 가다가 발목까지 강물에 발이 잠긴 노파를 만났어. 노파는 강을 건너려고 노력하고 있었어. 이아손은 강 건너까지 노파를 부축해 주었어.

노파는 강가에 도착하자마자 변신했어. 어리둥절한 이아손 앞에 헤라가 나타났지. 이아손은 결혼과 가정의 신 헤라를 바로 알아보았어. 이아손에게는 그야말로 행운의 징조나 다름없었어. 헤라는 이아손을 지켜 주겠다고 약속했어. 헤라는 약속을 어긴 적이 한 번도 없었지. 이아손은 머릿속이 하얘질 정도로 놀랐어. 강기슭의 풀밭을 지나 울퉁불퉁한 바위에 이르러서야 한쪽 샌들을 잃어버렸다는 것을 알아챌 만큼 말이야. 샌들 한쪽이 없어서 자갈밭을 걸을 때 상당히 불편했으나 대수롭지 않게 넘기고 그냥 이올코스까지 걸어갔어.

이아손이 도착하자 고개를 숙이고 걷던 펠리아스는 이아손의 발을 보았고, 순간 예언이 떠올랐어.

펠리아스가 이아손에게 물었어.

"자네가 샌들을 한쪽만 신은 젊은이의 손에 죽는다는 예언을 들었는데, 한쪽 샌들만 신은 낯선 젊은이와 마주친다면 어쩔 셈인가?"

이아손은 겁에 사로잡힌 왕의 이야기를 듣자 웃음이 터져 나왔지만 꾹 참았어.

이아손은 바로 대답했어.

"그 젊은이에게 몹시 어려운 임무를 맡기겠습니다. 도저히 성공할 수 없는 일이요."

이아손은 자신의 담대한 대답에 놀랐어. 곧이어 헤라가 용기를 불어넣어 줬다는 사실을 깨달았어.

"그렇다면……."

펠리아스는 잠시 고민하다가 입을 열었어.

"황금 양털을 가져오너라."

이아손은 황금 양털에 대해 생전 처음 들어서 좀 더 자세히 알려 달라고 왕에게 청했어. 펠리아스가 들려준 전설 속 양은 하늘을 날아다녔으며 황금색 털이 꼬불거렸어. 양의 황금 털은 아이에테스 왕에게 선물하여 머나먼 콜키스 왕국의 수풀 속에 걸려 있었어. 어마어마하게 커다란 용이 한숨도 자지 않고 지키고 있었지. 이아손은 물론이고 펠리아스 역시 황금 양털을 이올코스로 가져오는 게 불가능하다고 생각했이.

헤라는 생각이 달랐어. 헤라는 이아손에게 아주 건장한 남성들로 아르고 원정대를 꾸리고 나무의 기둥을 파내어 배를 만들라고 귀띔해 주었어. 사실 그 당시 사람들은 배가 무엇인지 몰랐어. 이아손은 아르고스를 찾아가서 펠리온산의 가장 튼튼한 소나무들로 바다를 건널 때 타고 갈 만한 것을 만들어 달라고 청했어. 마침내 배가 완성되자 아르고 원정대는 출발했어.

아르고 원정대는 가장 먼저 렘노스섬에 들렀어. 힙시필레 여왕이 다스리는 곳으로, 남자는 한 명도 없고 여자들만 살고 있었지. 렘노스섬은 원정대가 살던 이올코스와 딴판이었어. 몇몇 원정대원은 그곳이 답답했지. 원정대는 렘노스섬에서 더는 버티지 못하고 배로 돌아가 탐험을 이어 나갔어. 아르고 원정대는 그다음으로 돌리오네 사람들이 사는 섬에 도착했는데, 너그러운 왕이 원정대를 따듯하게 반겨 주었어.

낙천적인 퀴지코스 왕은 왕국에 위험한 괴물들이 산다는 사실을 원정대에게 굳이 털어놓지 않았어. 원정대가 섬 끄트머리에 있는 어두컴컴한 숲에 들어가지 않는 한 괴물을 염려할 필요가 없었거든.

이아손과 원정대는 탐험에 필요한 식량을 구하러 길을 떠났어. 가장 힘이 센 헤라클레스는 남아서 배를 지켰어. 얼마 지나지 않아 팔이 여섯 개 달린 거인들이 숲에서 튀어나왔어. 헤라클레스는 꿈이라고 확신했어. 그렇지만 우르르 몰려나오는 거인들은 헤라클레스의 바람과 달리 너무 생생했어. 우락부락한 거인들도 헤라클레스 앞에서는 꼼짝도 못했어. 몇몇 괴물이 쓰러지자 나머지는 걸음아 날 살려라, 하며 숲속으로 달아났어.

아르고 원정대가 돌아오자 헤라클레스는 팔이 여섯 개 달린 괴물 따위는 까맣게 잊어버렸어. 배에 오르는 동료들을 확인하는데 누군가 사라졌기 때문이야. 바로 힐라스였어. 헤라클레스는 힐라스를 굳게 믿어 모든 비밀을 털어놓았어. 원정대의 누구보다 더 아꼈지. 그렇지만 그 마음을 힐라스에게 밝힌 적은 없었어. 헤라클레스는 이아손을 찾아가 힐라스에게 무슨 일이 벌어졌는지 알려 달라고 말했어. 원정대를 이끄는 이아손이 이야기를 꺼내자마자 헤라클레스는 힐라스를 다시 볼 수 없다는 사실을 깨달았어. 이아손에게 자초지종을 듣는 내내 헤라클레스는 슬픔을 감추지 못했어.

아르고 원정대가 숲을 빠져나올 때 힐라스는 한 소나무 앞에서 걸음을 멈추더니 펠리온산의 소나무가 떠오른다며 감탄을 금치 못했어. 가만히 서 있는데 곁에 있던 수렁에서 속삭임인지 노래인지 알 수 없는 소리가 들려왔어.

힐라스는 무릎을 꿇고 귀를 기울였어. 요정의 노랫소리가 사람을 홀린다는 말은 많이 들었지만 직접 들어 본 건 처음이었어. 요정들은 힐라스를 보자마자 사랑에 빠졌고, 진흙투성이의 차가운 손을 쭉 뻗어서 힐라스를 붙잡았어. 그러고는 사람이 물에서 살지 못한다는 사실을 잊은 채 힐라스를 아래로 끌어낭셨어. 힐라스는 물속 깊이 자취를 감췄어. 헤라클레스는 아끼는 동료를 잃고 깊은 슬픔에 빠졌어. 모래밭에 엎드려 하루 종일 통곡했어. 결국 아르고 원정대 동료들이 헤라클레스를 일으켜 배에 태웠고, 다시 항해를 시작했어.

아르고 원정대는 바다를 지나 금세 피네우스 왕궁에 도착했어. 피네우스는 얼마나 오래 굶주렸는지 옆으로 돌아서면 형체를 못 알아볼 정도였지. 게다가 눈도

보이지 않았어. 피네우스를 못마땅하게 여기는 이들은 피네우스가 함부로 미래를 밝히는 바람에 신의 벌을 받아 눈이 멀었다며 쑥덕거렸어. 사실 신들이 피네우스에게 내린 형벌은 따로 있었어. 신들은 하피를 보내 피네우스를 고통에 빠트렸어. 하피는 여성의 얼굴을 한 거대하고 힘이 센 새야. 게다가 사람의 머리를 단숨에 뽑아 버릴 만큼 무시무시한 발톱이 있었어.

아르고 원정대가 지켜보는 가운데 하피들이 쏜살같이 날아와 피네우스 앞에 차려진 음식들을 우적우적 몽땅 먹어 치웠어. 결국 피네우스는 단 한 입도 먹지 못했어. 이아손과 동료들은 굶주림에 고통받는 피네우스를 더는 두고 볼 수 없었어. 그래서 섬 끄트머리의 가파른 절벽까지 하피들을 몰아냈어. 하피들은 바다로 떨어지지 않으려고 발톱을 세워 절벽에 간신히 매달려 있는데 무지개가 바다 위 하늘을 가로질렀어. 눈부신 외모의 이리스 신은 하피와 자매지만 무척 상냥했어. 이리스는 아르고 원정대에게 자신의 자매들을 바다로 내쫓지 말라며 다시는 피네우스나 그의 가족을 괴롭히지 않겠다고 약속했어. 아르고 원정대는 부탁을 받아들였고 피네우스는 수십 년 만에 처음으로 음식을 입에 넣었어. 배불리 먹고 나서 은혜를 잊지 않겠다며 아르고 원정대를 어떻게든 돕겠다고 약속

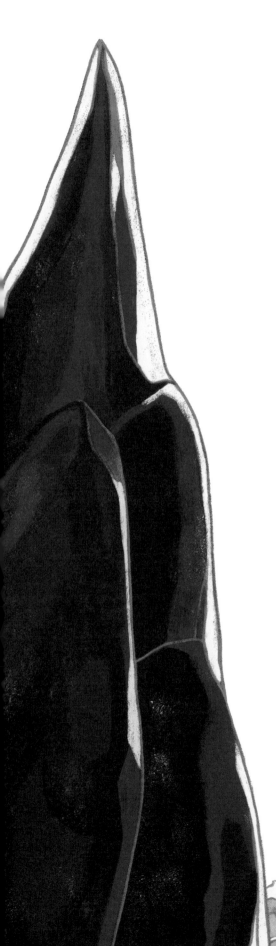

했어.

피네우스 왕은 이아손에게 황금 양털이 있는 콜키스로 가려면 닫히는 바위 사이를 지나가야 한다고 알려 주었어. 두 개의 거대한 바위가 그 사이로 배가 지나가면 쾅 부딪쳐서 박살 낸다고 주의를 줬어. 거기서 사고를 당한 배가 수천 척에 이르렀어. 피네우스는 그 운명에서 벗어날 방법을 하나 알고 있었어.

피네우스가 충고했어.

"바위 사이를 지나가기 전에 먼저 하얀 비둘기 한 마리를 앞으로 날려 보내고 뒤를 따라서 전속력으로 노를 젓게. 위험에서 완전히 벗어날 때까지 멈춰서는 안 되네."

아르고 원정대는 두 바위를 향해 빠르게 노를 저으라는 충고가 왠지 미심쩍었어. 그렇지만 이아손은 이러쿵저러쿵 따질 치지기 이니었이. 그저 피네우스에게 감사 인사를 선하며 시킨 대로 따르겠다고 맹세했어. 두 바위 앞에 도착했을 때 이아손은 자그마한 새장을 열어서 하얀 비둘기 한 마리를 날려 보냈어. 떨어져 있던 바위가 순식간에 부딪쳤으나 비둘기는 꼬리 날개 두어 개만 뜯겼을 뿐 안전하게 그 사이를 빠져나갔어. 거대한 두 바위가 닫힌 채 딱 가로막고 있는데도 이아손은 아르고 원정대에게 젖 먹던 힘까지 내서 노를 저으라고 명령했어. 원정대가 바위 가까이에 이르렀을 때 바위가 떨어지기 시작했어. 바위들은 워낙 무거워 배가 다가와도 가

까워지지 못하고 점차 멀어져 갔어. 아르고호는 미끄러지 듯 그사이를 통과했어. 바위들은 어쩔 줄 모르겠다는 듯 그대로 멈췄어. 두 바위는 서로 부딪치지 못하고 마주 보고만 있었고, 지나가는 배를 더는 박살 내지 못했어.

49

메데이아와 만난 이아손

　마침내 아르고호는 아이에테스 왕이 황금 양털을 간직하고 있는 콜키스에 도착했어. 이아손은 잠들지 않는 용을 어떻게 무찌를지 골똘히 궁리하고 또 궁리했어. 한편, 가정의 신 헤라는 그동안 이아손을 지켜보며 비밀 계획을 이미 짜 놓았어. 오래전에 자신이 강을 건너도록 도와줬던 젊은이에게 보답할 때가 바로 지금이라고 생각했지. 헤라는 사랑과 미의 여신인 아프로디테를 찾아가 도움을 청했어. 아프로디테가 손가락을 몇 번 퉁기자 아이에테스 왕의 딸 메데이아는 눈 깜짝할 사이에 이아손에게 빠졌어. 헤라는 메데이아의 도움만 있으면 이아손이 해결하지 못할 임무는 없다고 생각했어.

　이아손 역시 메데이아를 사랑하게 되었어. 이아손은 메데이아와 밤낮으로 함께하며 콜키스에서 자라는 식물들의 갖가지 놀라운 효능에 대해 들었어. 아는 게 많고 독약과 치료 약까지 직접 만들어 내는 메데이아에게 이아손은 자꾸 마음이 기울었어. 심지어 메데이아는 직접 찾아낸 약초로 마법이 깃든 묘약도 얼마든지 완성할 수 있었지. 이아손은 메데이아의 지식이야말로 용을 속이고 황금 양털을 가져올 때 꼭 필요하다고 생각했어.

　메데이아는 이아손의 계획을 듣는 순간 자신이 해야 할 일을 정확히 깨달았어. 메데이아는 이아손이 한 번도 본 적 없는 식물들의 이름을 속삭이듯 부르면서 나뭇잎과 꽃잎을 땄어. 그리고 모두 섞은 뒤 자그마한 단지에 담아서 이아손의 손에 쥐여 주고 입을 맞췄어. 메데이아는 이아손을 이끌고 황금 양털이 걸린 수풀로 들어갔어. 이아손은 용이 잔뜩 경계하며 눈을 부룹뜬 채 자신을 쳐다보자 등골이 오싹했어. 이아손이 단지 뚜껑을 살살 돌려 열고 단지를 바닥으로 기울이자 까만색 액체가 용 쪽으로 흘러갔지. 양귀비 씨앗과 흑단 나무의 마른 껍데기 냄새가 코끝을 스쳐 갔어. 용은 두 눈을 감더니 고개를 점점 숙이고 쿵 소리를 내며 바닥으로 쓰러졌어. 그 순간 풀이 드러눕고 나무가 흔들렸어. 용이 완전히 잠들자, 이아손은 그 앞을 살금살금 까치발로 지나 나무에 걸린 황금 양털을 손을 쭉 뻗어 잡아당겼어. 이아손은 곱슬곱슬한 황금 양털을 손가락으로 어루만지면서도 결국 해냈다는 사실이 믿어지지 않았어.

이아손은 바닷가로 달려갔어. 메데이아가 타고 달아날 배를 미리 준비해 놓고 있었지. 이아손은 한 손으로 황금 양털을 움켜쥐고 다른 손으로 메데이아의 손을 꽉 붙잡았어. 마침내 아르고호에 이르자 메데이아가 이아손의 도움을 받아 남동생 압시르토스를 아르고호 갑판에 태웠어. 이아손이 동료들에게 있는 힘껏 노를 저으라고 소리치자 아르고호가 속력을 내기 시작했어. 이윽고 마음을 놓아도 될 만큼 콜키스와 멀어졌다고 생각하며 고개를 돌린 순간, 아르고호보다 훨씬 커다란 배가 이아손의 눈에 띄었어. 그 배는 노잡이가 아르고호의 두 배라서 속도가 엄청나게 빨랐어. 메데이아는 키*를 잡은 사람이 아버지라는 사실을 금세 알아차렸지.

키 배의 방향을 조종하는 장치.

51

이아손은 좀 더 빠르게 노를 저으라고 다그쳤지만 원정대는 이미 죽을힘을 다하고 있었어. 두 배는 점점 가까워져서 서로의 배로 건너갈 수 있을 정도였어. 이아손이 고개를 돌려 보니 메데이아가 남동생 압시르토스를 바라보고 있었어. 메데이아는 아버지에게 자신의 탈출을 고자질한 사람이 남동생이라고 확신했어. 배신당했다는 생각이 들자 분노가 치밀어 오른 나머지 영영 후회할 만한 짓을 저지르고 말았단다. 동생의 양쪽 어깨를 두 손으로 붙들고 찢은 거야. 그러고는 뱃전에 서서 동생의 시신을 바다에 뿌렸지. 아이에테스 왕은 아들의 시신이 파도 속으로 떨어지자 고통스러운 비명을 지르며 노잡이들에게 멈추라고 소리쳤어. 배가 멈추자 압시르토스의 시신을 남김없이 모두 거두어 모래밭에서 맞춘 뒤 차례차례 붙였어. 아이에테스 왕이 일을 마무리 지었을 때 이아손과 메데이아와 아르고호는 그림자도 보이지 않았어.

파르나소스산

꼬마 올빼미는 조바심을 내며 땅바닥을 긁었어요.

"그러고는 어떻게 되었어요? 이야기는 거기서 끝났나요?"

할아버지 올빼미는 웃음을 터트렸어요.

"압시르토스에게는 끝난 셈이지. 그런데 이아손은 아니란다."

할아버지는 이아손이 황금 양털을 가지고 메데이아와 함께 이올코스로 돌아갔지만 두 사람의 행복은 금방 끝났다고 알려 주었어요.

한편 펠리온산에 살던 올빼미들의 이야기도 끝났어요. 할아버지 올빼미에 따르면 아르고호를 만들려고 펠리온산 꼭대기 소나무를 벤 이후 좋은 시절은 끝났대요. 햇볕을 막아 줄 나무들이 사라져서 땅은 후끈후끈 달아올랐지요. 올빼미들은 펠리온산에서 더는 살아갈 수 없었어요. 게다가 둥지까지 땅으로 떨어져 더는 버티기가 힘들었어요. 올빼미들은 밤이 시원하고 살찐 쥐들이 돌아다니며 무엇보다 인적이 드문 곳을 찾아 남쪽으로 향했어요. 할아버지 올빼미가 여기까지 말하고 다시 날아오르자 꼬마 올빼미가 얼른 그 뒤를 쫓았어요.

올빼미 두 마리는 이윽고 또 다른 산에 이르렀는데 산꼭대기는 나무가 빽빽해서 그늘져 있었어요. 할아버지 올빼미는 그곳을 파르나소스산이라고 불렀어요. 펠리온산의 나무들이 잘려 나간 뒤로 올빼미들이 도망치듯 날아온 곳이라고 꼬마 올빼미에게 차근차근 설명했어요. '파르나'는 요즘에 쓰지 않는 옛말로 '집'이라는 뜻이라고 덧붙였지요.

꼬마 올빼미는 할아버지 올빼미와 함께 나뭇가지에 내려앉으며 물었어요.

"여기가 올빼미들에게 집이 되었나요?"

할아버지 올빼미가 대답했어요.

"그랬지. 그런데 오래가지는 못했단다."

꼬마 올빼미가 할아버지 올빼미의 이야기에 귀를 기울이려는데 느닷없이 흥얼흥얼 소리가 났어요. 곧이어 다른 곳에서도 소리가 흘러나오더니 흥얼거림이 곳곳에서 들려왔어요.

꼬마 올빼미가 물었어.

"저 소리 들리세요?"

할아버지 올빼미가 되물었어요.

"무슨 소리를 말하는 게냐?"

꼬마 올빼미는 할아버지의 장난을 알아차렸어요. 할아버지가 날개로 부리를 슬쩍 가리고 있었거든요.

"아, 나무가 그냥 노래를 부르는 거야."

할아버지가 말하자, 꼬마 올빼미가 킥킥 웃었어요.

"나무는 노래 못 해요."

"여기서는 할 수 있어. 들어 보렴."

꼬마 올빼미는 귀를 쫑긋 세웠어요. 과연 주변 나무들이 소리를 내고 있었어요. 할아버지 올빼미는 이 산의 주인이 아폴론이라고 알려 주었어요. 아폴론은 시와 음악의 신이자 해가 뜨고 지는 것까지 관리했지요.

할아버지 올빼미가 덧붙였어요.

"올빼미들은 파르나소스에서 약속을 꼭 지켜야 한다는 사실을 배웠단다."

할아버지 올빼미는 나뭇가지에 자리 잡은 뒤 꼬마 올빼미에게 오르페우스 이야기를 들려주었어요. 파르나소스에 살던 오르페우스는 노래 실력이 아주 대단했어요. 그러나 오르페우스가 약속을 어기자 그 대단한 재능은 아무짝에도 쓸모가 없었어요.

할아버지 올빼미가 숨을 깊이 들이마시고 입을 막 떼려는데 회오리바람이 한바탕 불어닥쳐서 둘 다 중심을 잃었어요. 꼬마 올빼미와 할아버지 올빼미는 날개를 쫙 펼치고 나무 옆 땅바닥에 가만히 내려앉았어요. 고개를 들자 거대하고 하얀 말이 보였어요. 갈기에서 별처럼 빛이 나는 그 말이 올빼미들 위로 솟구치더니 무언가를 향해 히힝 울음

소리를 토했어요. 황금색 날개를 퍼덕이자 아래쪽에 있는 뾰족한 전나무 잎들이 죄다 날아갔어요.

하늘에서 우렁찬 소리가 울려 퍼졌어요.

"파르나소스에 온 것을 환영한다. 난 페가수스다."

꼬마 올빼미는 입이 쩍 벌어졌어요.

이곳 파르나소스산에서는 새만 날아다니는 게 아니었어요! 페가수스는 신비로운 갈기를 획 넘기고는 밤하늘로 날아올랐는데 올빼미가 따라가지 못할 정도로 빨랐어요.

할아버지 올빼미가 껄껄 웃었어요.

"네가 드디어 페가수스를 만났구나."

페가수스와 벨레로폰

　그리스에서 페가수스가 유명해진 이유는 위대한 영웅 벨레로폰과 나눈 우정 때문이었어. 페가수스는 벨레로폰과 힘을 합쳐 사자와 염소 머리에 뱀 꼬리가 달린 키메라를 무찔렀어. 신들은 키메라가 죽어서 기뻤지만 벨레로폰은 만족하지 않았어. 영광스러운 자리에 한번 오르자 그런 순간을 계속 누리고 싶었거든. 어느 날 벨레로폰은 페가수스를 타고 훨씬 높은 곳까지 올라가기로 마음먹었어. 세상에서 가장 높다고 알려진 곳, 신들이 사는 올림포스산이었지.

　인간이 신들이 세상으로 들어가면 안 된다는 걸 벨레로폰도 잘 알고 있었어. 그러나 워낙 오만했기에 규칙 따위는 신경 쓰지 않았어. 제우스는 눈부신 백마가 황금빛 날개를 퍼덕이며 하늘을 가로질러 다가오자 벨레로폰임을 바로 알아차렸어. 제우스는 페가수스가 얼마나 쉽게 집중력이 흐트러지는지 보여 주기로 결심했어. 그래서 공중의 쇠파리를 낚아채서 페가수스 쪽으로 붕 날려 보냈어. 페가수스는 자신이 날아다니는 귀한 마법의 말이라는 사실도 까맣게 잊어버린 채 늙은 당나귀처럼 쇠파리를 향해 경중경중 발길질했어. 벨레로폰은 순간 페가수스를 놓치고 땅으로 떨어졌고, 남은 평생을 쓸쓸히 떠돌았단다.

라이코레이아를 발견하다

페가수스는 벨레로폰을 만나기 전에 오랫동안 파르나소스산 북쪽에 있는 대리석 절벽에 살았어. 라이코레이아 사람들도 그곳이 삶의 터전이었는데 처음부터 그 높은 곳에 산 건 아니었어. 원래 나무들이 자그마한 마을을 에워싸고 강이 마을 한 가운데를 가로지르는 울창한 숲에서 지냈지. 강은 사람들의 목숨줄이나 다름없었어. 사람들은 매일 강에서 목을 축이고 몸을 씻었으며 즐겁게 놀았어. 그들은 강이 베푸는 모든 것을 그저 당연하게 여겼나 봐. 어느 날 강이 사람들에게 반기를 들었어. 어떤 신이 능력을 발휘했는지, 아니면 정체 모를 어떤 인간이 분노를 샀는지, 강물이 치솟더니 사람들에게 밀려들었어. 결국 마을의 집들을 쓸어버리고 아궁이 불씨까지 꺼트렸어. 다들 아무거나 손에 잡히는 대로 들고 걸음아 날 살려라 달아나며 산길을 따라 한 걸음씩 올라갔어. 젖은 몸이 바싹 마르려면 따뜻한 해와 조금이라도 가까워야 했지. 기를 쓰고 올랐지만 아무래도 어려웠어. 대리석 절벽은 바닥이 너무 미끄러웠고 흙탕물이 고여 있어서 길이 제대로 보이지 않았어. 나이 들거나 허약한 사람들은 제대로 따라가지 못했어.

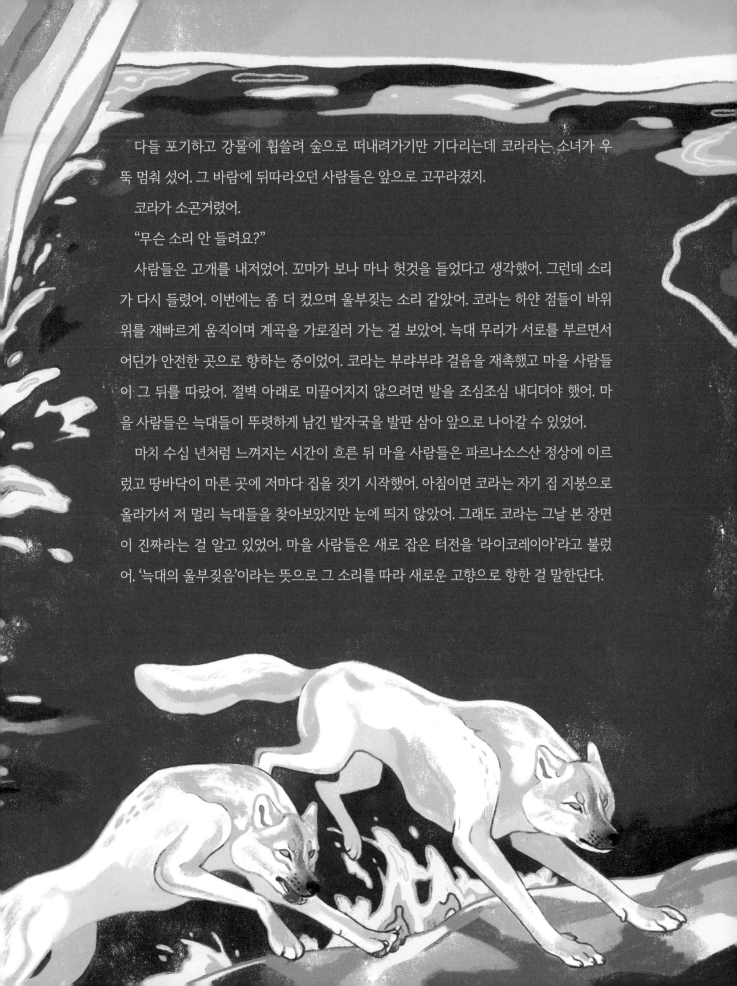

　다들 포기하고 강물에 휩쓸려 숲으로 떠내려가기만 기다리는데 코라라는 소녀가 우뚝 멈춰 섰어. 그 바람에 뒤따라오던 사람들은 앞으로 고꾸라졌지.

　코라가 소곤거렸어.

　"무슨 소리 안 들려요?"

　사람들은 고개를 내저었어. 꼬마가 보나 마나 헛것을 들었다고 생각했어. 그런데 소리가 다시 들렸어. 이번에는 좀 더 컸으며 울부짖는 소리 같았어. 코라는 하얀 점들이 바위 위를 재빠르게 움직이며 계곡을 가로질러 가는 걸 보았어. 늑대 무리가 서로를 부르면서 어딘가 안전한 곳으로 향하는 중이었어. 코라는 부랴부랴 걸음을 재촉했고 마을 사람들이 그 뒤를 따랐어. 절벽 아래로 미끌어지지 않으려면 발을 조심조심 내디뎌야 했어. 마을 사람들은 늑대들이 뚜렷하게 남긴 발자국을 발판 삼아 앞으로 나아갈 수 있었어.

　마치 수십 년처럼 느껴지는 시간이 흐른 뒤 마을 사람들은 파르나소스산 정상에 이르렀고 땅바닥이 마른 곳에 저마다 집을 짓기 시작했어. 아침이면 코라는 자기 집 지붕으로 올라가서 저 멀리 늑대들을 찾아보았지만 눈에 띄지 않았어. 그래도 코라는 그날 본 장면이 진짜라는 걸 알고 있었어. 마을 사람들은 새로 잡은 터전을 '라이코레이아'라고 불렀어. '늑대의 울부짖음'이라는 뜻으로 그 소리를 따라 새로운 고향으로 향한 걸 말한단다.

오르페우스와 에우리디케

이곳 파르나소스산에는 예술의 신인 뮤즈들도 살았어. 아홉 명의 뮤즈 자매는 누구도 상상할 수 없을 만큼 목소리가 아름다웠어. 뮤즈들은 시인이나 가수들이 나타나기 훨씬 전부터 이야기와 노래를 지었어.

뮤즈 자매 중 첫째인 칼리오페에게는 오르페우스라는 어린 아들이 있었어. 어느 날 오르페우스가 땅바닥에 앉아 놀고 있었는데 등줄기로 차가운 기운이 느껴졌어. 주위를 둘러보니 아폴론 신의 그림자가 자신을 뒤덮고 있었지. 아폴론은 아무 말 없이 토가*의 주름 사이에서 오르페우스가 한 번도 본 적 없는 물건을 꺼내어 땅바닥에 내려놓았어. 거북의 등껍질처럼 생겼는데 기다란 뿔 두 개가 위로 쭉 뻗어 있었어. 기다란 뿔은 각각 바깥으로 휘어지다가 안으로 오므라들었고 백마의 갈기를 뽑아서 만든 줄 일곱 개가 팽팽하게 묶여 있었어. 오르페우스가 신기한 물건을 만지려는 순간 아폴론이 그윽한 목소리로 말했어. 높낮이가 있는 억양 때문에 대화인지 노래인지 헷갈렸지.

토가 고대 로마의 전통 의상.

"리라를 본 적이 없나, 오르페우스?"

오르페우스는 한 번도 본 적이 없었어. 자세히 살피려고 리라를 무릎으로 가져왔어. 그리고 말갈기 한 가닥을 잡아당겼어. 음악 소리가 띵 울려 퍼졌어. 오르페우스는 화들짝 놀라 거북 등껍질을 바닥에 떨어트렸어.

"배워 보거라."

아폴론이 대화하듯 노래하듯 다시 말을 건넸어. 오르페우스가 리라에 묻은 흙먼지를 털어 내고 무릎에 올려놓는 순간 아폴론은 사라졌어.

오르페우스는 배우고 또 배웠어. 슬픈 노래는 어머니에게 배우고 행복한 노래는 탈리아 이모에게, 사랑 노래는 에라토 이모에게 배웠어. 연습을 거듭한 결과 테르프시코레 이모가 아는 모든 춤에 맞춰 연주할 수 있었고 우라니아 이모가 기억하는 모든 별에 어울릴 만한 음정을 완벽하게 알아냈어. 오르페우스의 음악은 그리스 전역에서 다 알 정도로 유명해졌어. 심지어 사람뿐만 아니라 나무까지 음악에 맞춰서 흔들거렸지. 무엇보다 오르페우스는 아폴론이 멋진 선물을 주었다는 사실을 잊지 않았고, 둘은 친해졌어. 오르페우스는 훌쩍 자라 아폴론의 딸 에우리디케와 결혼했어. 에우리디케는 키가 크고 떡갈나무처럼 튼튼했으며 재잘재잘 이야기를 그치지 않았어. 누가 보더라도 둘은 딱 어울리는 한 쌍이었지. 그러나 결혼의 신 히멘은 오르페우스가 결혼식에서 노래를 부르고 에우리디케와 풀밭에서 춤추는 모습을 보며 눈물을 삼켰어.

히멘은 고작 이렇게 말할 수밖에 없었어.

"이 행복은 오래 가지 못할 거야."

그날 저녁 늦게 에우리디케가 풀밭을 빠져나오는데 멀리서 양치기 아리스타이오스가 보였어. 에우리디케와 아리스타이오스는 어릴 때부터 알던 사이라 바로 알아보았지. 아리스타이오스는 평소와 달리 다정하게 손도 흔들지 않고 차가운 눈빛으로 달려왔어. 에우리디케는 얼른 돌아서서 무작정 발길 닿는 대로 정신없이 도망갔지. 풀밭을 절반쯤 되돌아갔을 때 이빨 두 개가 왼쪽 발목에 박히는 느낌이 들었어. 끔찍한 통증이 다리를 지나 삽시간에 배에 이르더니 급기야 가슴까지 덮쳐서 숨을 쉴 수가 없었어. 에우리디케는 땅바닥에 쓰러졌어. 영혼이 몸에서 빠져나와 지하 세계로 서서히 빨려 들어갔어. 에우리디케를 문 독사는 발목을 미끄러지듯 넘어서 옆쪽 수풀로 자취를 감췄어.

오르페우스는 아내에게 무슨 일이 벌어졌는지 알고는 슬픔에 사로잡혔어. 리라를 들고 가장 슬픈 노래를 밤낮으로 연주했어. 눈물을 닦을 때만 연주를 멈췄지. 시냇물에 사는 요정들은 오르페우스의 연주를 듣고 울음을 터트렸어. 나무들은 흐느꼈고 바위들은 애써 눈물을 삼켰지. 아름답고도 애틋한 멜로디가 멀리멀리 퍼져 나갔어. 얼마 지나지 않아 오르페우스는 목 뒤로 차갑지만, 익숙한 그림자를 느꼈어.

노래 같은 아폴론의 나지막한 말소리가 산에 메아리쳤어.

"스파르타의 성문까지 전속력으로 가거라. 뱃사공 카론을 찾아가서 스틱스강을 건너겠다고 말하거라."

오르페우스는 아주 빠르게 연주를 시작했어. 그리스 전역에서 오르페우스의 두려움을 알아차렸어. 오르페우스가 아는 한 인간은 스틱스강을 건널 수 없으며 살아서 돌아오지 못했어.

아폴론은 오르페우스의 생각을 읽은 듯 말을 덧붙였어.

"쉬운 일이란다. 강을 건너면 머리가 세 개 달린 거대한 개 한 마리 앞을 지나가거라. 그런 다음에 하데스와 페르세포네에게 에우리디케를 생명의 땅으로 데려가겠다고 부탁하거라."

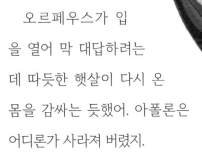

오르페우스가 입
을 열어 막 대답하려는
데 따뜻한 햇살이 다시 온
몸을 감싸는 듯했어. 아폴론은
어디론가 사라져 버렸지.

오르페우스는 리라를 들고 스파르타의 성
문까지 재빠르게 달려갔어. 스틱스강 기슭에 도
착했을 때는 숨이 턱까지 차오른 상태였어. 그런
데 입을 열기도 전에 뱃사공 카론이 다가왔어. 스
틱스강을 따라 배를 젓는 기다란 노를 쥐고 있었지.

카론이 눈에서 파란빛을 번뜩이며 말을 내뱉
었어.

"죽은 사람이여, 배에 올라타라."

바위를 긁는 쇳소리가 입에
서 흘러나왔어. 오르페우스는
자신이 죽지 않았다고 설명하려 했으
나 갑자기 아무 말도 떠오르지 않았어. 오르
페우스가 말 대신 할 수 있는 것은 음악뿐이었어.
리라를 쥐고 에우리디케가 죽은 날에 연주했던
곡을 들려주었어. 뱃사공의 눈동자에 이글거리
던 불꽃이 사그라졌어. 곧이어 눈물 한 방울이
무릎에 툭 떨어졌어.

카론이 노를 젓기 시작하자 배는 점점 더 어둠
속으로 흘러갔어. 갑자기 배가 심하게 출렁거리더니 우

뚝 멈춰 섰어. 오르페우스는 맞은편 강기슭으로 기어 올라갔고 뱃사공은 환한 햇살 쪽으로 노를 저어 갔어. 오르페우스의 발아래 땅이 규칙적으로 오르락내리락 움직였어. 오르페우스가 밟은 건 강기슭이 아니었어. 오르페우스는 눈을 가늘게 뜨고 어둠 속을 살펴보았어. 한 번도 본 적 없는 괴물 위에 서 있었어. 어마어마하게 커다란 개였는데 머리를 세 보니 하나, 둘, 셋, 세 개였어! 눈 여섯 개는 모두 감고 있었지만, 세 개의 입안에 날카로운 이빨들이 저마다 번뜩였어. 오르페우스는 까치발로 어깨에 훌쩍 뛰어내린 뒤 리라로 졸음을 부르는 곡을 연주하며 노래를 흥얼거리자 괴물은 깊이 잠들었지.

오르페우스는 살금살금 앞으로 나아가 지하 세계 깊이 들어갔어. 저 멀리서 어떤 여인이 구슬프게 흐느끼고 있었어. 울음소리는 어둠을 뚫고 메아리쳤어.

오르페우스가 소리 나는 쪽으로 걸음을 옮기는데 여인의 음성이 들려왔어.

"저 슬픈 음악은 무엇이지?"

오르페우스는 좀 더 가까이 다가가서야 페르세포네의 그림자를 알아보았어. 페르세포네는 침울한 모습으로 의자에 앉아 있었어. 하데스가 페르세포네를 달래려고 애썼으나 아무 소용이 없었어.

오르페우스가 입을 열었어.

"아내가 뱀에게 물려 이곳에 있습니다. 아내를 데려가려고 왔습니다."

오르페우스는 마지막으로 한 번 더 리라를 튕기며 슬픈 노래를 연주했어. 하데스와 페르세포네는 오르페우스의 절절한 심정을 고스란히 느꼈어. 그래서 오르페우스가 아내를 데리고 생명의 땅으로 돌아가도록 허락해 주었어. 그러나 한 가지 조건을 내세웠어.

"지하 세계를 지나서 네 얼굴에 햇살이 비출 때까지 돌아보지 마라. 약속하겠느냐?"

페르세포네는 얼음장처럼 차가운 눈빛으로 오르페우스를 쏘아보았어.

오르페우스가 대답했어.

"약속드립니다."

오르페우스는 아내가 따라온다고 믿으면서 스틱스강을 건너려고 나룻배에 올라탔어.

몸을 돌려 뱃전에 앉을 때조차 뒤를 보지 않으려고 애썼어. 건너편에 도착해서는 기나긴 오르막길을 오르며 생명의 땅으로 걸음을 옮겼어.

오르페우스는 아내가 발자국을 따라올 수 있도록 한 발 한 발 땅바닥을 꾹꾹 힘 주어 눌렀어. 저기 위쪽 입구 사이로 한 줄기 빛이 보였어. 영혼들이 한 줄로 길게 늘어서서 자신들을 지하 세계로 데려다줄 나룻배를 기다리고 있었어. 오르페우스는 발 앞의 땅만 뚫어져라 바라보며 계속 나아갔어.

물에 젖은 바위들이 하나둘 사라지고 어둠이 서서히 걷혔어.

생명의 땅까지 계단 몇 개가 남았을 때 오르페우스는 덜컥 두려움

에 사로잡혔어. 뒤따라오던 에우리디케의 발소리가 갑자기 들리지 않았거든.

오르페우스는 페르세포네의 경고가 떠올랐어.

"돌아보지 마라."

그 말이 머릿속을 계속 맴돌았어. 급기야 노래처럼 들리기 시작했어. 오르페우스는 한 걸음 앞

으로 나아갔어. 노래 선율이 계속 울려 퍼졌어. 오르페우스는 원래 노래가 아니라, 말이었다는 사

실을 까맣게 잊어버렸어. 에우리디케가 있기를 간절히 바라며 슬그머니 고개를 돌려 둘러보았어.

그 순간 에우리디케가 보였어. 에우리디케는 오르페우스와 시선을 맞추려고 눈을 들어 올렸어.

오르페우스는 에우리디케를 안으려고 팔을 뻗었어. 그러나 에우리디케는 눈 깜짝할 사이에 사

라졌고, 허공만 잡혔어. 오르페우스가 약속을 어겼기 때문이었지.

테베시

꼬마 올빼미가 물었어요.

"오르페우스는 에우리디케를 다시 만났나요?"

할아버지 올빼미가 대답했어요.

"만났단다. 그렇지만 살아서는 못 만났어. 오르페우스는 에우리디케를 되찾는 일을 절대 포기하지 않았어. 지하 세계로 몇 번이고 돌아갔고 아내를 만나겠다며 죽음까지 간절히 바랐어. 신들이 오르페우스의 소원을 들어주어서 마침내 둘은 다시 만나 천국의 들판에서 영원토록 깔깔 웃으며 음악을 만들었지."

할아버지 올빼미가 덧붙였어요.

"올빼미들이 어디에서 왔는지 보았으니 이제 집으로 돌아가자꾸나."

할아버지 올빼미와 꼬마 올빼미는 남동쪽으로 날아갔어요. 아래쪽 땅은 희한하게도 검붉은색을 띠고 있었어요. 둘은 자세히 살펴보려고 밑으로 쭉 내려갔어요. 진흙탕 바닥에 사람 한 명이 들어갈 만한 크기의 구덩이 수백 개가 뻥뻥 뚫려 있었어요.

까마귀들은 진흙탕 위를 낮게 날아다니며 구덩이 안의 음식물 찌꺼기를 헤집었어요. 처음에 한 마리가 날아오더니 두 마리, 세 마리로 늘어났으며 이내 오싹해질 정도로 어마어마하게 모여들었어요. 꼬마 올빼미는 할아버지에게 바짝 붙은 채로 그 자리를 벗어났어요. 까마귀들은 올빼미 두 마리에 대해 나지막이 중얼거리며 뼈다귀를 콕콕 쪼아 먹었어요.

올빼미들 앞에 거대한 돌문 일곱 개가 나타났어요. 꼬마 올빼미 눈에 비친 도시는 아테네와 전혀 달라 무서웠어요. 이곳은 누구에게도 집이 될 수 없어 보였어요.

"왜 땅에 구덩이들이 있어요? 그리고 뼈는 왜 그렇게 많은가요?"

꼬마 올빼미가 묻자, 할아버지 올빼미가 대답했어요.

"올빼미들이 도착하기 훨씬 전에 테베시는 차가운 물이 나오는 샘에 불과했어. 옆에는 노란색 꽃 한 송이만 자라고 있었지. 테베의 첫 왕인 카드모스는 그저 우연히 샘을 발견했어. 청년 시절, 그는 델피의 신탁을 듣고 등에 독특한 달무늬가 보이는 암소를 쫓아갔어. 신탁은 암소가 처음으로 멈춘 곳이 카드모스가 다스릴 도시라고 예언했거든.

카드모스는 왕이 된다는 신탁이 마음에 들었단다. 그래서 며칠 동안 한 번도 멈추지 않고 암소를 바짝 뒤쫓았지. 암소는 카드모스를 동쪽으로 이끌었고 마침내 풀이 무성한 데다 맑고 깨끗한 개울이 흐르며 노란색 꽃 한 송이가 피어 있는 들판에 이르렀어.

카드모스가 샘에 다가가자 무슨 소리가 들렸어. 까마귀 울음소리와 비슷했지만, 백배나 시끄럽고 오싹했어. 주변 풀들이 파르르 떨리는 순간 어마어마하게 커다란 용이

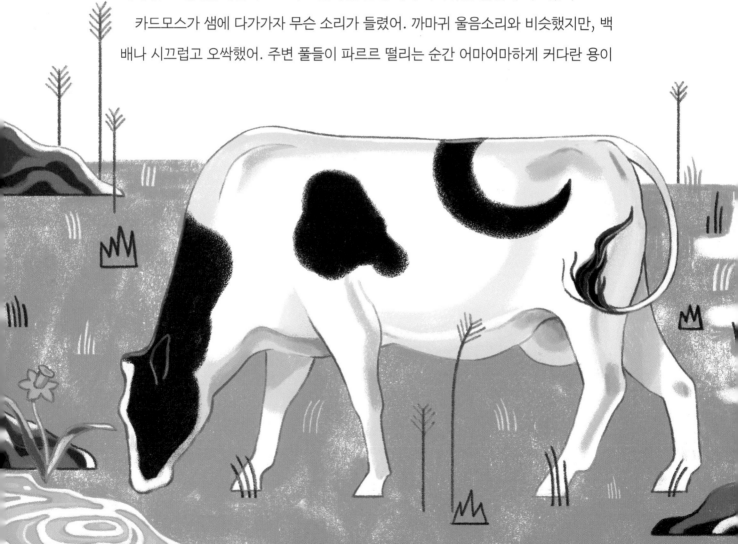

샘에서 불쑥 솟아올라 카드모스에게 곧장 덤벼들었어. 카드모스는 순간적으로 칼을 빼들고 단번에 용을 베었어.”

꼬마 올빼미는 뒷이야기를 알고 있었어요.

“그 순간 아테나 신이 나타났지요?”

꼬마 올빼미는 신이 났어요. 할아버지 올빼미가 대답했어요.

“그렇지. 아테나는 카드모스에게 용 이빨을 하나씩 뽑아서 씨앗처럼 땅에 심으라고 알려 주었어. 카드모스는 시키는 대로 따르고, 막 돌아서려는데 뒤에서 거대한 흙먼지가 구름처럼 피어올랐어. 용의 이빨을 묻은 곳마다 갑옷으로 완전 무장한 사내들이 튀어나왔어. 카드모스는 무장한 사내들이 자신을 공격할까 봐 두려웠어. 그래서 눈앞의 커다란 바위를 번쩍 들어 막 땅에서 솟아난 사내들에게 던졌단다. 사내들은 누가 바위를 던졌는지 몰라서 서로 마구 헐뜯었어. 그러다가 무기를 쥐고 마구잡이식으로 형제들을 죽이기 시작했어. 결국 다섯 명만 살아남았지. 그들이 바로 최초의 테베 사람들이란다.”

꼬마 올빼미는 충격을 받았어요.

“자기 형제들을 죽였다고요? 테베에서는 가족으로 지내는 것이 쉽지 않았군요.”

할아버지 올빼미가 착 가라앉은 목소리로 말했어요.

“테베는 어둡고 음산한 곳이야. 상황을 정확하게 파악하기 어렵다는 뜻이지. 사람들은 걸핏하면 제멋대로 굴었단다.”

오이디푸스와 이오카스테

라이오스와 이오카스테는 테베의 왕과 왕비였어. 카드모스와 용의 이빨에서 태어난 사내들의 후손이었지. 라이오스와 이오카스테는 아들인 오이디푸스가 태어나고 얼마 지나지 않아 델피의 여사제에게 예언을 들었어. 사제는 아폴론에게 능력을 받아 미래를 볼 수 있었어. 그런데 이제껏 했던 예언 중 가장 끔찍한 말을 라이오스와 이오카스테에게 전해 주었어. 오이디푸스가 아버지를 죽이고 어머니와 결혼한다는 내용이었지. 왕과 왕비는 그 예언이 빗나가게 하려고 아들과 영영 헤어지기로 했어. 라이오스는 눈물을 머금은 채 비통한 심정으로 아들이 기지 못하게 양쪽 발목에 구멍을 냈어. 그리고 양치기를 불러서 어린 아들이 죽도록 산에 버려두라고 명령했어. 그러나 양치기는 그 말을 따를 수 없었어. 아기를 본 순간 집에서 편안하게 지내는 자기의 어린 아들이 떠올랐거든. 왕의 명령을 거행하는 대신 아기를 다른 양치기인 폴리버스에게 내주었어. 높은 산에 살던 폴리버스와 아내 메로페는 자식을 낳지 못했어. 두 사람은 오이디푸스를 친아들로 여기며 사랑과 웃음으로 키웠어.

몇 년 뒤 오이디푸스는 한 남자를 만났어. 그는 자신의 비밀을 안다며 큰소리쳤어. 폴리버스가 친아버지가 아니라고 했지. 오이디푸스는 그 말을 도저히 믿을 수 없었어. 사실을 알아내기 위해 곧장 델피로 가서 사제를 붙들고 물어보았어. 사제는 20년 전쯤 라이오스 왕과 이오카스테 왕비에게 남겼던 예언을 똑같이 되풀이할 수밖에 없었어. 오이디푸스가 아버지를 죽이고 어머니와 결혼할 운명이라는 내용이었지. 오이디푸스는 폴리버스와 메로페를 혹시 해칠까 봐 몹시 두려워 절대 집으로 돌아가지 않기로 하고 멀리 달아났단다.

그러다가 세 갈래 갈림길에 이르렀어. 오이디푸스는 한 걸음 한 걸음 조심조심 다가갔

어. 수많은 여행자가 이 갈림길을 무사히 벗어나지 못했거든. 곁눈질로 흘낏 바라보니 사내들이 떼를 지어 우르르 몰려오고 있었어. 사내들은 재빨랐고, 칼날이 햇살을 받아 번쩍거렸어. 오이디푸스는 자칫하면 공격당할 것 같아서 칼을 뽑아 가차 없이 사내들을 죽였어. 단 한 명의 사내만 살아남았는데 어찌나 발 빠르게 달아났는지 오이디푸스가 미처 따라잡지 못했어.

오이디푸스는 별 탈 없이 갈림길을 빠져나온 뒤 가슴을 쓸어내리며 길을 따라갔고 마침내 테베의 성문에 이르렀어. 그곳에서 스핑크스라는 어마어마한 괴물이 앞을 가로막았지. 여자 얼굴에 사자 몸을 한 데다가 양쪽 날개는 햇볕을 가릴 만큼 거대했어.

스핑크스는 성문 꼭대기에서 오이디푸스를 내려다보며 신비로운 목소리로 말을 건넸어.

"내 수수께끼에 답을 내놓지 못하면 누구도 테베로 들어갈 수 없도다."

오이디푸스는 심장이 철렁 내려앉았어. 스핑

크스의 발 사이로 수수께끼를 맞히지 못한 사람들의 뼈다귀가 보였거든.

"어서 물어보아라."

오이디푸스는 갈라진 목소리로 대답하고는 귀를 쫑긋 세운 채 수수께끼를 들었어.

"아침에는 네 발로 걷다가 오후에는 두 발로, 저녁에는 세 발로 걷는 것은 무엇이냐?"

스핑크스는 온몸을 흔들며 낄낄 웃었어. 많은 사람이 수수께끼에 틀린 답을 내놓았거든. 오이디푸스는 잠시 뜸을 들이며 머리를 쥐어짰어. 순간 사랑하는 아버지 폴리버스가 떠올랐어. 아버지를 무사히 지키려면 집을 떠날 수밖에 없었어. 아버지는 이제 나이가 들어서 걸으려면 지팡이가 필요했어. 멀리서 볼 때 지팡이는 마치 세 번째 다리처럼 보였어!

오이디푸스가 더듬더듬 말을 이어 갔어.

"사, 사, 사람, 사람. 답은 인간이다. 아기 때 네 발로 기어가다가 어른이 되면 두 발로 걷지. 그리고 노인은 지팡이를 짚어 다리 세 개로 걷는 것 같지."

스핑크스는 수수께끼의 정답을 듣자 그대로 얼어붙었어. 얼마나 놀랐는지 입도 벙긋 못한 채 높다란 곳에서 툭 떨어지더니 그대로 바닥에 부딪혀 죽음을 맞이했어.

오이디푸스는 곧장 테베로 들어갔어. 도시 전제가 라이오스 왕의 죽음을 슬퍼하고 있었어. 테베 사람들이 듣기로는 왕이 길을 가다가 강도떼를 만나서 살해되었대. 테베 사람들은 스핑크스의 수수께끼를 푼 오이디푸스를 새 왕으로 떠받들었어. 오이디푸스는 왕궁으로 들어가 왕비인 이오카스테와 결혼했어. 오이디푸스와 이오카스테는 금슬이 아주 좋았어. 두 사람은 전에 만난 적이 없다는 사실이 믿기지 않을 정도였어. 폴리네이케스와 에테오클레스라는 아들 둘을 비롯하여 안티고네와 이스메네라는 딸 둘을 슬하에 두었어.

여러 해가 지난 뒤 테베는 끔찍한 돌림병으로 고통을 겪었어. 테베 사람들은 갖가지 방법을 써 보았어. 신에게 기도를 올리고 향을 피웠으며 제물을 바쳤지만 모든 노력이 물거품으로 돌아갔어. 이웃이나 부모님, 형제자매, 어린아이를 돌림병에 잃고 말았지. 오이디푸스 왕은 슬픔에 잠긴 백성들 앞에서 반드시 해결책을 찾겠노라 약속했어. 백성들은 불가능한 일을 척척 해결하고 스핑크스의 수수께끼까지 맞힌 오이디푸스 왕의 말을 믿

었어. 오이디푸스는 사제의 뜻을 들으려고 다시 델피로 향했어. 사제는 라이오스 왕을 죽인 자가 여전히 테베에 살고 있다고 알려 주며 그자를 테베에서 쫓아내야만 돌림병을 몰아낼 수 있다고 했어. 오이디푸스는 여사제의 말을 듣자마자 반드시 그러겠다고 다짐했어. 테베로 돌아와 모든 백성을 모아 놓고 라이오스 왕을 죽인 자를 찾아내 추방이라는 벌을 내리겠다고 맹세했어. 까마귀들이 오이디푸스 위를 맴돌며 깍깍 웃어 댔어. 오이디푸스가 다름 아닌 자신을 찾고 있었거든.

오이디푸스는 티레시아스를 불러들였어. 카드모스가 활약한 시절부터 테베의 왕들에게 충고를 아끼지 않았던 예언자였지. 신들이 티레시아스를 예언자로 만들어 눈이 멀었지만, 대다수의 사람보다 더 잘 볼 수 있었어. 오이디푸스가 티레시아스에게 라이오스를 죽인 자가 누구인지 묻자, 노인이 된 티레시아스는 그저 고개를 내젓다 입을 열었어.

"왕께서 대답을 정녕 원치 않으실 겁니다. 질문을 거둬 주소서."

티레시아스는 오이디푸스에게 자신을 그냥 보내 달라고 빌었어. 진실이 드러난 순간 왕이 어떻게 굴지 알았거든. 그러나 오이디푸스가 테베의 고통을 모두 티레시아스의 탓으로 돌리겠다고 으름장을 놓자, 티레시아스는 사실대로 털어놓았어.

"왕이십니다. 왕이 전염병의 원인입니다. 아버지인 라이오스 왕을 단칼에 죽였잖습니까."

오이디푸스는 그 사실을 믿기는커녕 티레시아스가 눈이 보이지 않아 마음마저 깜깜해졌다고 비아냥거렸어. 물론 오이디푸스도 눈 때문에 그렇다고 생각한 건 아니었어. 티레시아스는 고개를 저으며 대꾸했어.

"왕께서는 눈이 보여도 진실을 보지 못하십니다."

티레시아스는 오이디푸스의 발목을 가리켰어. 아버지 라이오스가 뚫어 놓은 구멍을 제대로 치료받지 못해서 여전히 부어 있는 상태였어.

"부왕인 라이오스기 왕이 갓난아기였을 때 내다 버렸습니다."

티레시아스는 라이오스가 아들의 손에 죽으리라는 예언을 들었다고 오이디푸스에게 알려주었어. 오이디푸스는 못 들은 척 무시하고 싶었으나 하나씩 이해되기 시작했어. 그래서 티레시아스의 예언을 다시는 듣지 않겠노라고 맹세한 뒤 자신의 눈이 닿지 않는 곳으로 티레시아스를 쫓아냈어.

오이디푸스는 심부름꾼을 불러 오래전 갈림길에서 싸움이 벌어졌을 때 그 자리에서 달아난 사내를 찾아오라고 지시했어. 오이디푸스는 그날 죽은 자가 라이오스 왕이 아니라는 사실을 모든 사람에게 밝힐 수 있다고 확신했어. 마침내 테베와 멀지 않은 들판에서 그 사내를 찾아냈어. 그자는 양을 기르며 살아가고 있었지. 오이디푸스는 여러 해 전 그날에 사내가 누구와 길을 가고 있었는지

알아내려고 무섭게 다그쳤어. 양치기는 숨이 막히는 것 같았어. 오이디푸스를 잘 알았기에 아무래도 피할 길이 없어 보였지. 그래서 그날 함께 길을 가던 사람이 라이오스 왕이었다고 진실을 밝혔어. 오이디푸스는 라이오스의 아들인 동시에 라이오스를 죽인 범인이었어.

오이디푸스는 경악을 금치 못하며 부랴부랴 집으로 돌아가 이오카스테를 찾았어. 그러나 침실 문을 열었을 때 이오카스테는 이미 숨을 거둔 상태였단다. 오이디푸스가 너무 늦게 도착한 거야. 예전에 어떤 일이 벌어졌는지 오이디푸스의 눈앞에 생생하게 펼쳐졌어. 오이디푸스는 그 장면을 더는 보고 싶지 않았어. 그래서 이오카스테가 걸친 옷에서 황금 핀을 빼내 자신의 두 눈을 찔렀어. 오이디푸스는 궁전과 가족을 뒤로한 채 테베에서 멀리 달아났어. 딸인 안티고네만 오직 곁을 따랐지.

안티고네

오이디푸스 집안의 비극은 여기서 끝나지 않았어. 오이디푸스가 떠나자 두 아들 폴리네이케스와 에테오클레스가 테베를 다스렸어. 두 사람은 누가 왕이 될지 의견을 모으지 못해서 왕위를 나누기로 결정했어. 에테오클레스가 1년 동안 다스리다가 겨울에 새들이 남쪽으로 날아가면 폴리네이케스가 다음 1년 동안 왕위에 오르기로 했지.

처음에는 약속대로 지키는 듯했으나 어느 해 갑자기 추워져 새들이 서둘러 둥지를 버리고 따뜻한 나라로 떠나자, 에테오클레스는 왕좌에서 물러나지 않겠다고 선언했어. 폴리네이케스는 에테오클레스를 몰아내려고 아테네와 아르고스에 도움을 청했고, 테세우스 왕과 아드라스토스 왕의 협조를 얻어 냈어. 그러나 아르고스의 아드라스토스 왕은 자신의 형제가 아니라 예언자 암피아라오스와 왕좌를 나눈 상태였어. 암피아라오스는 폴리네이케스가 전쟁을 벌여서 에테오클레스로부터 테베를 빼앗자고 제안하자 딱 잘라 거절했어. 그 전쟁을 치르면 자신이 죽는다는 것을 알았거든.

암피아라오스가 중얼거렸어.

"예언자는 죽음이 닥쳐도 놀라지 않는다는 게 문제지."

폴리네이케스는 암피아라오스가 아내인 에리필레를 무척 사랑해서 무슨 부탁이든 거절하지 못하는 걸 알았어. 폴리네이케스는 에리필레를 어떻게든 구슬렸고, 결국 에리필레는 설득당하여 암피아라오스와 그 문제를 상의했어. 얼마 지나지 않아 폴리네이케스와 기병대는 테세우스 왕을 비롯하여 아드라스토스 왕과 암피아라오스를 앞세우고 테베로 향했어. 예언자 암피아라오스는 그들이 겪을 운명에 대해 끊임없이 중얼거렸어. 양쪽의 병사들은 몇 주 동안 싸웠으며 마침내 에테오클레스와 폴리네이케스가 전장에서 맞닥뜨렸어. 형제는 동시에 상대를 쓰러트렸고, 둘 다 죽음을 맞이했어. 또 암피아라오스 역시 저승으로 떨어졌어.

형제가 세상을 떠나자마자 삼촌 크레온이 테베의 왕좌를 차지했어. 크레온은 에테오클레스 편에서 싸웠으므로 폴리네이케스를 반역자로 선언했어. 반역자로 낙인찍힌 폴리네이케스의 시신은 땅에 묻히지 못하고 까마귀의 먹잇감으로 들판에 던져졌어. 크레온은 폴리네이케스를 묻어 주면 사형에 처한다는 법을 선포했어. 크레온의 뜻을 어길 만큼 담대한 사람은 테베에서 안티고네 말고 아무도 없었어. 안티고네는 사랑하는 오빠가 제대로 묻히지 못한 채 영혼이 이승을 계속 떠돌게끔 내버려 둘 수 없었어.

크레온이 선포한 법을 따르지 않고 오빠의 시신 위에 마지막 흙을 뿌렸을 때 크레온의 병사들이 나타났어. 안티고네는 오빠를 땅에 묻지 않았다고 변명하지 않았어. 오히려 자기 행동이 옳다고 믿어 왕에게 맞섰다는 사실에 뿌듯해했지. 크레온은 입 밖으로 내뱉은 말을 지키고자 안티고네를 죽을 때까지 지하 동굴에 가둬 두라고 명령했어.

여러 사람이 크레온의 마음을 돌리려고 애썼어. 크레온의 아들 하이몬도 온갖 노력을 기울였어. 무엇보다 안티고네와 사랑하는 사이였거든. 하이몬은 아버지에게 사랑하는 안티고네 없이는 아무것도 할 수 없다고 애원했어. 크레온은 눈 하나 깜빡하지 않았어. 테베의 왕들에게 솔직하게 충고하던 예언자 트레시아스조차 크레온에게 잔인하고 그릇된 행동이라고 지적히기에 이르렀어. 결국 크레온은 안티고네를 풀어 주리며 병시들을 동굴로 보냈어. 그러나 여러 날을 식량과 물 없이 동굴에 갇혀 있던 안티고네는 병사들이 도착하기 전 숨을 거뒀어. 사랑하는 여인이 죽었다는 소식에 하이몬의 심장도 멈췄어. 그날 밤 하이몬의 어머니 역시 아들을 잃은 슬픔을 못 이기고 세상을 떠났어. 크레온은 조카와 아내, 아들을 하룻밤 사이에 떠나보내고 말았어.

에코와 나르시스

왕들만 예언가 트레시아스에게 지혜를 구한 건 아니었어. 나르시스의 어머니는 아들이 태어났을 때 트레시아스가 건넨 예언을 똑똑히 기억하고 있었어.

"네 아들은 자신을 보려고 애쓰지 않는 한 오래오래 살리라."

나르시스의 어머니는 예언을 듣고 공포에 휩싸여서 거울뿐만 아니라 표면이 반사되는 물건까지 집에서 싹 치웠어. 나르시스는 자기가 어떻게 생겼는지 전혀 알 수 없었지.

그러니 나르시스가 거울에 비친 모습을 궁금해하는 것도 놀랄 일이 아니었어. 사실 나르시스와 마주치면 누구라도 눈을 떼지 못했어. 테베를 둘러싼 숲에는 요정들이 살고 있었는데 너 나 할 것 없이 나르시스에게 반한 상태였어. 소년 시절 때부터 그의 얼굴을 바라보느라 다들 우뚝 멈춰 서곤 했어. 그런데 누구도 그 이유를 선뜻 고백하지 못했어. 에코라는 요정은 달랐어. 마음을 털어놓겠다고 결심했지. 그러나 에코는 말을 잃어버린 탓에 나르시스에게 아무 말도 전할 수 없었단다.

에코는 가정의 신 헤라 때문에 말을 잃어버렸어. 헤라는 남편 제우스 신이 숲의 요정들과 노닥거리는 장면을 포착하려 했으나 번번이 실패했어. 헤라가 요정들이 사는 숲을 찾을 때마다 에코가 반갑게 맞으며 이야기보따리를 풀어놓았거든. 조금 떨어진 곳에서 말들이 사람처럼 수다를 떤다는 둥 책에서 여러 약초의 효능

을 읽었다는 둥의 이야기를 재잘거렸어. 에코가 떠드는 이야기가 어찌나 재
밌던지 헤라는 시간 가는 줄 모를 정도였어. 결국 헤라는 에코에게 들은 말만
되풀이하는 저주를 내렸어.

헤라가 소리를 버럭 질렀어.

"수다스러운 혀로 나를 잘도 속였구나. 이제부터 너는 들린 말만 되풀이할 것이다. 다
시는 말로 네 마음을 드러내지 못하리라."

에코는 슬픔에 잠긴 목소리로 고작 이렇게 말했을 뿐이야.

"못하리라."

에코는 나르시스를 보고도 말을 걸 수 없었어. 숲속을 쏜살같이 뛰어다니는 나르시스
를 그저 쫓아다닐 뿐이었어. 나르시스가 몸을 돌려 에코를 발견하고 웃음을 보이면 에코
는 대답하듯 살짝 미소 짓곤 했어. 나르시스는 에코가 말을 걸어 주기를 기다렸지만 에
코가 말하지 않자 다시 후다닥 달려 나갔어.

"누구를 따라오는 거니? 나야?"

에코의 눈앞에서 나르시스가 막 사라지려던 순간 나르시스의 목소리가 들려왔어.

"나야, 나야, 나야."

에코의 대답이 울려 퍼졌어.

"내가 기다릴게. 이리 와."

나르시스는 신비로운 목소리를 향해 외쳤어.

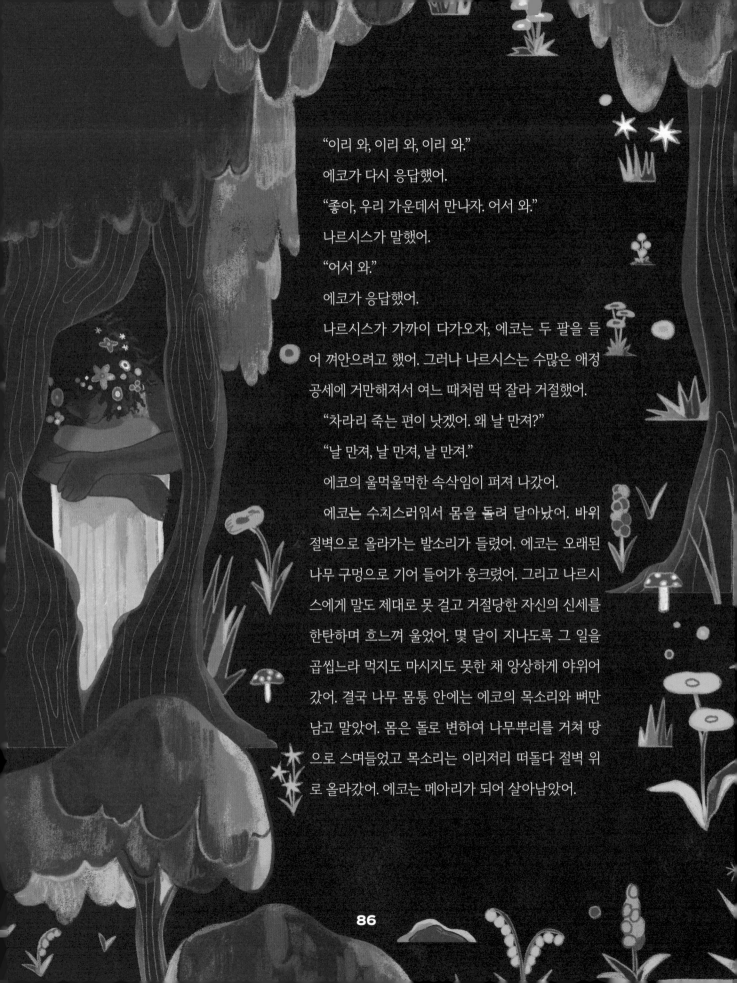

"이리 와, 이리 와, 이리 와."

에코가 다시 응답했어.

"좋아, 우리 가운데서 만나자. 어서 와."

나르시스가 말했어.

"어서 와."

에코가 응답했어.

나르시스가 가까이 다가오자, 에코는 두 팔을 들어 껴안으려고 했어. 그러나 나르시스는 수많은 애정 공세에 거만해져서 여느 때처럼 딱 잘라 거절했어.

"차라리 죽는 편이 낫겠어. 왜 날 만져?"

"날 만져, 날 만져, 날 만져."

에코의 울먹울먹한 속삭임이 퍼져 나갔어.

에코는 수치스러워서 몸을 돌려 달아났어. 바위 절벽으로 올라가는 발소리가 들렸어. 에코는 오래된 나무 구멍으로 기어 들어가 웅크렸어. 그리고 나르시스에게 말도 제대로 못 걸고 거절당한 자신의 신세를 한탄하며 흐느껴 울었어. 몇 달이 지나도록 그 일을 곱씹느라 먹지도 마시지도 못한 채 앙상하게 야위어 갔어. 결국 나무 몸통 안에는 에코의 목소리와 뼈만 남고 말았어. 몸은 돌로 변하여 나무뿌리를 거쳐 땅으로 스며들었고 목소리는 이리저리 떠돌다 절벽 위로 올라갔어. 에코는 메아리가 되어 살아남았어.

한편, 나르시스는 그 뒤로도 다른 요정들의 구애를 받았지만 죄다 거절했어.

조롱받은 요정들이 기도했어.

"나르시스 때문에 우리가 고통받았으니 그도 이런 아픔을 느끼게 해 주소서. 자신을 외면하는 이와 사랑에 빠지게 하소서."

복수의 신 네메시스가 요정들의 기도를 들었어. 어느 날, 나르시스는 이제껏 한 번도 본 적 없는 맑고 깨끗한 연못을 발견했어. 물을 마시려고 연못 가에 비스듬히 엎드려 수면 가까이로 고개를 숙인 순간 물에 비친 자신을 보았어. 순간 자신의 외모에 반한 나머지 도저히 눈을 뗄 수 없었어. 몇 날 며칠을 그 자리에 꼼짝없이 앉아서 물에 비친 자신을 바라보느라 음식을 먹거나 잠을 잘 수가 없었지. 수면에 비친 모습을 어루만지는 순간 찰랑찰랑 잔물결이 일며 사라지기 일쑤였어. 나르시스가 지쳐 쓰러진 자리에 수선화 한 송이가 자라났는데 물에 비친 자신을 보려고 내내 수그리고 있었어.

펜테우스와 디오니소스

옛날 옛적 카드모스 왕이 테베를 다스리던 시절에 테베 시민들은 디오니소스 신을 경배하지 못했어. 카드모스 왕은 포도주와 연극 그리고 축제의 신을 지나치게 섬기면 혼란스러울 거라고 생각했거든.

카드모스는 늙어서 테베를 더는 다스릴 수 없게 되자 손자인 펜테우스에게 왕좌를 물려주었어. 어느 날 어떤 남자가 사제 복장을 하고 테베에 나타나 펜테우스와 말다툼을 벌였어. 남자는 디오니소스 경배를 금지하는 것은 옳지 않다고 왕에게 따졌지. 테베에서 디오니소스를 찬양하는 성스러운 축제를 허락하지 않으면 디오니소스가 벌을 내릴 것이라고 경고했지만 펜테우스 왕은 코웃음을 쳤어.

펜테우스가 남자를 쫓아내고 얼마 지나지 않아 도시에 기이한 일들이 벌어지기 시작했어. 키타이론산 꼭대기에서 늑대가 울부짖는 소리가 들리더니 이어 노랫소리와 북 치는 소리가 펜테우스 귓가에 울려 퍼졌어. 게다가 친구들 집에 찾아갈 때마다 부인과 딸들은 자리를 비우기 일쑤였어. 집안의 여자들이 어디로 갔냐고 물으면 친구들은 "시장에 갔을 거야."라고 대꾸하거나 "방에서 옷감을 짜고 있겠지."라고 둘러댔어. 누구도 명확한 답을 내놓지 않았어. 펜테우스는 정체 모를 사제에 대한 의심이 커졌어. 왕은 사제를 감옥에 가둔 뒤 달아나지 못하도록 출입문에 쇠사슬을 평소보다 훨씬 단단하게 칭칭 감아 놓았단다.

산속에서 들리는 늑대의 울부짖음과 노랫소리는 그치지 않았어. 이튿날 펜테우스의 시종이 와서 사제가 갇힌 감옥 문이 저절로 열렸으며 쇠사슬은 바닥에 뱀처럼 떨어졌다고 알렸어.

몇 년 뒤, 펜테우스는 오디세우스와 마찬가지로 예언자 트레시아스를 불러들였어.

"왕의 피가 산꼭대기와 어머니 아가베의 손에 쏟아질 것이오."

트레시아스가 해 줄 말은 그것뿐이었어. 펜테우스는 비웃으며 늙은 예언자를 내보냈어. 여러 청년과 달리 펜테우스는 어머니와 사이가 좋았거든. 어머니가 자신을 해친다는 예언이 믿기지 않았어. 펜테우스는 어머니에게 뭐든지 털어놓을 수 있었고 어머니는 펜테우스가 태어난 날부터 무조건 사랑해 주었어. 심지어 어머니가 자신에게 '슬픔의 남자'라는 뜻의 펜테우스라는 이름을 왜 붙였는지 물을 필요가 없었지. 펜테우스의 삶에는 이제껏 행운이 깃들었기 때문이야.

테베의 다른 여인들과 마찬가지로 펜테우스의 어머니 역시 최근 며칠 동안 사라진 상태였어. 펜테우스는 골치가 아팠어. 그러다가 비밀에 싸인 사제와 맞닥뜨렸어.

"네가 테베에 나타난 이후로 키타이론산에서 이상한 소리가 들리고 테베의 여인들은 집을 비운 채 어디론가 사라졌도다. 도대체 무슨 일을 꾸미는 게냐?"

사제는 어깨를 으쓱 올리고는 돌아섰어.

"네가 나타난 이후로 사라진 테베의 여인들은 어디에 있느냐?"

펜테우스가 비슷한 질문을 다시 던졌어.

"어머니가 어디 계시는지 알고 싶소?"

사제는 꼼짝하지 않고 서서 가만히 물었어.

펜테우스가 고개를 끄덕였어. 사제는 왕의 어머니와 여인들이 키타이론산 꼭대기에서 포도주를 마시고 노래를 부르며 디오니소스를 경배하고 있다고 말했어. 곧이어 여인들이 무엇을 하는지 보러 가겠냐고 묻자 펜테우스는 그러겠다고 대답했어. 사실은 자신의 지시를 어기고 디오니소스를 경배하는 자들을 붙잡아서 감옥에 집어넣을 생각이었지.

펜테우스는 사제를 따라 산꼭대기에 도착해서는 법으로 금지한 디오니소스 축제를 지켜보려고 나무에 올라 몸을 감췄어. 얼마 지나지 않아 여인들이 왔는데 둥둥 북을 치면서 박자에 맞춰 몸을 흔들었어. 노래를 부르기 시작하더니 이내 늑대처럼 울부짖었어. 펜테우스는 어머니를 찾아냈어. 어머니는 행렬 맨 앞에서 펜테우스 쪽으로 곧장 다가왔어. 여러 여인이 느닷없이 펜테우스를 움켜쥐더니 나무에서 끌어내리고 옷을 발기발기 찢었어. 어떤 여인이 펜테우스의 팔다리를 꽉 눌렀고 펜테우스의 어머니는 양손으로 머리를 붙잡았어. 펜테우스는 여자들을 향해 당장 멈추라면서 무슨 짓을 하는지 두 눈으로 똑똑히 보라고 소리 질렀어. 그러나 여자들은 펜테우스 왕을 알아보지 못했어. 그들이 보기에는 왕이 아니라 사자 한 마리가 꼼짝 못 한 상태로 울부짖고 있었지. 여자들은 잔인한 신의 조종을 받고 있었어. 사제는 손끝도 까딱하지 않고 물끄러미 바라보았어. 여자들은 펜테우스가 예전에 들었던 소리보다 훨씬 커다랗게 울부짖으며 남은 힘을 쥐어짰어. 펜테우스는 정신 나간 여자들 손에 온 몸이 찢긴 채로 죽음을 맞이했어.

아가베는 펜테우스의 머리를 들고 산에서 내려왔어. 아버지 카드모스에게 자랑스럽게 머리를 보여 주고 싶었어. 자기 손으로 거대한

사자를 사냥하여 죽였으니, 아버지가 무척 놀라워 할
것이라고 생각했지.

아버지 집 대문을 열었을 때 아가베는 디오니소스가 걸어
둔 마법에서 풀려났어.

사자의 머리를 다시 본 순간 눈썹과 코의 모습에서 아들
판테우스가 떠올랐고 이상하다는 생각이 들었어. 카드모스
는 아가베를 보자마자 흐느껴 울며 양손에 들고 있는 머리를
똑똑히 보라고 일러 주었어.

아가베는 그제야 아들을 알아차리고는 비명을 질렀어.

"내가 뭘 보고 있는 거지?"

아가베는 눈물을 터트렸어. 자신이 아들을 죽였다는 사실
을 비로소 깨달았지. 아가베가 서 있는 대문 밖에서 사제가
기다란 망토의 모자를 벗자 젊은 디오니소스의 모습이 드러
났어. 디오니소스는 빙그레 웃음을 지었어. 신들을 경배하지
않으면 무슨 일을 겪는지 테베 왕실에 귀한 교훈을 남겨 준
거야.

바다 건너

할아버지 올빼미는 꼬마 올빼미에게 기괴한 테베 이야기를 들려주고 나자 집에서 멀리 떨어진 곳으로 너무 오래 데리고 다닌 게 아닌지 슬슬 걱정되었어요. 할아버지 올빼미는 꼬마 올빼미와 함께 아테나로 방향을 틀었어요. 둘은 날갯짓을 하자마자 갑작스러운 돌풍에 휘말렸어요. 마치 나뭇잎이 된 듯 거센 바람이 부는 대로 떠다니며 별안간 높이 치솟았다가 땅에 부딪힐 듯 곤두박질쳤지요. 할아버지 올빼미는 두 눈을 꼭 감고 그저 바람의 신이 둘을 떼어 놓지 않기만을 바랐어요.

바람이 휘파람 소리를 내며 날개 사이를 스쳐 갔어요. 둘은 휘몰아치는 바람에 몸을 맡겨야 했어요. 꼬마 올빼미는 쓸려 나갔다 밀려오며 자신을 덮치는 검푸른 파도만 보였어요. 할아버지 올빼미와 꼬마 올빼미는 바다 위를 날아가고 있었어요. 그리스인들은 파도가 해변에 부서질 때 나는 소리를 따서 바다 이름을 '탈라사'라고 지었어요. 할아버지 올빼미는 바다 멀리 떠났다가 돌아오지 못한 선원들을 떠올리며 두려움에 사로잡혔어요. 수평선 아래 바다에서 뾰족한 창이 솟아올랐어요. 할아버지 올빼미는 바다의 신 포세이돈의 삼지창이라는 것을 알아차렸어요. 포세이돈은 하루에 두 번씩 바닷물을 일으켰다가 가라앉혔으며 선원들과 그들이 탄 배를 이리저리 휙 내던졌지요. 꼬마 올빼미는 포세이돈이 무서웠어요.

포세이돈이 일으킨
바람과 파도에
휘말린 사람들에게
무슨 일이 벌어졌는지
똑똑히 알고 있었거든요…….

트로이 목마

테베 바다 건너편에 트로이가 우뚝 자리 잡고 있었어. 여러 해 전, 바다의 신 포세이돈이 트로이 둘레에 벽을 쌓아 올렸는데 당시 왕이었던 라오메돈은 성벽을 보고는 도시가 안전하다고 느꼈어. 그래서 더는 바다의 신을 공경할 필요가 없다고 생각했지. 강력해진 데다 무서울 게 없어져서 우쭐해진 거야. 라오메돈은 신들 덕분에 복을 누린다는 사실을 까맣게 잊어버렸어. 성벽을 세워 준 포세이돈에게 감사를 표하기는커녕 모욕적인 말을 퍼부었어. 라오메돈은 그 대가를 톡톡히 치러야 했단다.

트로이 사람들은 그리스인들과 전쟁을 벌였어. 몇 년 동안 그리스인들은 트로이 성문으로 들어가려고 애를 썼어. 아침에 힘겹게 싸워 성문으로 두 걸음 다가갔지. 오후가 되면 다시 맹렬히 싸워도 두 걸음 뒤로 물러나야 했어. 어느 날 그리스에서 가장 똑똑하다고 손꼽히는 오디세우스가 한 가지 방법을 내놓았어. 오디세우스는 군 시휘관인 에페이우스에게 부하들을 시켜 숲속의 나무를 베어 널빤지를 만들라고 귀띔했어. 그리스인들은 낮에는 트로이 성문 앞에서 전투를 이어 가고 밤이면 어둠을 틈타 비밀스럽게 작업을 수행했어. 사흘 뒤 일이 끝나 거대한 목마를 트로이 성문 앞에 세웠어. 오디세우스가 그 형상을 고른 이유는 트로이 사람들이 말을 아주 특별하게 여기기 때문이었어.

오디세우스는 거대한 목마가 성문 앞에 서 있으면 트로이 사람들이 기고만장할 거라고 생각했어. 사실 목마의 배에는 비밀 출입구가 있었어. 그리스 병사 50명이 목마 안에서 날이 밝기를 기다리고 있었지. 오디세우스는 목마 안으로 들어가기 전에 주머니에서 칼을 꺼내 목마 옆면에 글을 새겼어.

τῆς εἰς οἶκον ἀνακομιδῆς Ἕλληνες Ἀθηνᾷ χαριστήριον
"그리스인들은 집으로 안전히 돌아가기 위해 이 목마를 아테나 신에게 바치노라."

날이 밝자 트로이 사람들이 갑옷을 걸친 뒤 전투에 임하고자 성문 앞으로 향했어. 그런데 그리스 병사들은 코빼기도 보이지 않고 오직 거대한 목마만 세워져 있었어. 다들 이게 웬 떡이냐 싶었지. 트로이 사람들은 목마 옆에 새겨진 글귀를 읽은 순간 그리스인들이 평화를 바라며 목마를 제물로 바친 뒤 물러갔다고 짐작했어. 그리스 배나 천막도 아예 보이지 않아서 트로이 사람들은 바퀴 달린 선물을 끌고 성문 안으로 들어갔어.

숨어 있던 그리스인들은 흥분을 감출 길이 없었어.

그렇지만 트로이의 사제 라오콘이 트로이 사람들에게 경고하는 말이 들리는 순간 그리스인들은 숨소리조차 참아야 했어.

"그리스인들을 조심하라!"

라오콘은 목청을 높였어.

"그자들이 선물을 보냈더라도 달라질 것은 없도다!"

트로이 사람들은 껄껄 웃으며 그리스인들이 전쟁터를 떠났다고 라오콘에게 일러 주었어. 잠시 후 거대한 뱀 두 마리가 바다 위로 솟구쳤어. 뱀 한 마리는 비늘 달린 몸으로 라오콘을 칭칭 휘감았어. 또 다른 뱀은 해변에 있던 라오콘의 두 아들을 낚아챘어. 트로이 사람들은 라오콘이 신들을 화나게 만든 게 분명하다며 라오콘의 말을 무시했어. 그러나 헬레나라는 젊은 여성은 의심을 거두지 않았어. 트로이에 그리스인이 없는지 확인하고자 그

리스어 억양을 흉내 냈지. 그리스 병사의 아내가 트로이 병사에게 붙잡힌 행세를 하
며 도움을 청한 거야. 헬레나의 뛰어난 재주에 숨어 있던 그리스 병사들은 깜박 속아
넘어갔어. 오디세우스는 대답하려던 안티클로스의 입을 억지로 틀어막아야 했어.

트로이 사람들은 그리스인들이 정말로 떠나갔다고 생각해 흐뭇해하며 목마를 신
전으로 끌고 갔어. 승리를 축하하며 잔치를 벌이기로 했어. 밤이 깊어졌을 때, 그리스
인들은 무기를 든 채 목마의 출입문을 살그머니 열고 배에서 한 명씩 빠져나와 신전
의 불로 자신들의 횃불을 밝혔어. 트로이가 잠에 빠진 사이에 그리스인들은 앞을 가
로막는 트로이 사람들을 비롯한 전부를 해치웠어. 이튿날 아침, 트로이는 그리스의
차지가 되었지.

오디세우스와 키클롭스

그러나 오디세우스의 행운은 계속되지 못했어. 전쟁이 끝나고 집으로 돌아가는 도중에 바다의 신 포세이돈의 분노를 사고 말았거든. 폭풍우를 만나 배의 방향이 틀어지는 바람에 시실리 연안의 자그마한 섬에 닿게 되었어. 선원들은 배를 묶어 둔 뒤 섬에 누가 사는지 알아보려고 길을 나섰어. 해안을 따라 쭉 걸어가다가 동굴을 발견했는데 놀랍게도 포도주와 신선한 양젖이 곳곳에 놓여 있었어. 선원들은 동굴 안으로 들어갔어. 시간이 흐른 뒤 거대한 그림자가 동굴 안으로 드리웠어. 사람인 듯 아닌 듯 무엇인지 알 수 없는 것이 동굴 입구를 가로막았어. 항해에 지친 선원들은 이 섬에 외눈박이 거인족 키클롭스가 여럿 살고 있으며 자신들이 불쑥 쳐들어간 곳이 키클롭스의 우두머리 폴리페모스의 집이라는 사실을 까맣게 몰랐어.

선원들은 폴리페모스가 모습을 또렷이 드러내기 전부터 이상한 낌새를 느꼈어. 숨을 쉴 때마다 썩은 고기와 양젖 냄새가 진동했거든. 반면에 폴리페모스는 오디세우스와 동료들을 눈치채지 못한 채 동굴로 양 떼를 몰고 들어와 검지로 거대한 바위를 툭 밀며 입구를 막았어. 오디세우스와 선원들은 동굴 안에 갇히고 말았어. 동굴은 어둠에 휩싸여, 한 치 앞도 보이지 않았지.

98

선원들은 말문이 막히고 넋이 나간 상태로 동굴 벽을 더듬거리며 다른 출구를 찾아보았어. 그 순간 비명이 들리더니 오도독오도독 뼈 씹는 소리가 났어. 키클롭스가 오디세우스의 동료 두 명을 잡아먹은 거야. 오디세우스는 고함을 지르는 대신 숨을 죽이며 외눈박이 괴물 키클롭스가 잠들기를 기다렸어.

거인의 코 고는 소리는 세찬 파도가 바위에 철썩 부딪힐 때보다 요란했어. 선원들은 양떼에 둘러싸인 채 잠자코 앉아 있었어. 심지어 숨소리도 내지 않으려고 애썼어. 거인이 숨쉴 때마다 죽은 생선 천 마리에서 나는 것 같은 악취가 동굴 전체로 퍼졌어. 이튿날 아침에 키클롭스는 잠에서 깨어나자, 바위를 굴린 뒤 간식이라도 되는 양 양손에 선원 한 명씩을 움켜쥐었어. 그리고 풀을 먹이려고 양 떼를 몰고 동굴에서 나갔어. 오디세우스는 동굴로 밀려드는 신선한 공기를 몇 차례 깊이 들이마신 뒤 계획을 짰어. 거인의 저녁거리가 되고 싶지 않았거든.

동굴 뒤쪽에 커다란 올리브 통나무가 놓여 있었어. 오디세우스는 통나무를 길게 반으로 쪼갠 뒤 동료들과 함께 통나무 끄트머리를 뾰족하게 다듬었어. 그리고 동굴 바닥 곳곳에 널린 뼈 더미와 양가죽, 낡은 포도주 자루 아래에 뾰족한 통나무를 숨겨 놓았어. 계획은 간단했어. 키클롭스가 양 떼에 풀을 먹이고 저녁에 돌아오면 오디세우스와 동료들이 끝이 뾰족한 통나무로 키클롭스의 눈을 멀게 만들 셈이었지.

다들 앉아서 기다리고 또 기다렸어. 이윽고 폴리페모스가 양 떼를 이끌고 동굴로 돌아왔어. 그런데 잠들 기색이 전혀 없었지. 오디세우스는 키클롭스가 계획을 눈치챘을까 봐 슬슬 걱정되었단다.

오디세우스가 떨리는 목소리로 말을 걸었어.

"이봐, 키클롭스. 포도주 한 잔 마셔 봐. 너에게 주려고 특별히 트로이에서 가져왔어."

폴리페모스는 자못 궁금하다는 듯 동굴 안을 둘러보다가 그릇을 내미는 남자를 발견했어. 오디세우스는 동료들과 함께 배에서 미리 가져온 포도주를 재빨리 그릇에 따라 놓았지.

오디세우스가 괴물을 꼬드기며 동굴 깊숙이 불러들였어.

"이쪽으로 와, 키클롭스."

폴리페모스는 한 손으로 포도주를 덥석 낚아챈 뒤 다른 손으로 오디세우스의 동료 한 명을 집어 올려 단숨에 먹고 마셨어. 그렇게 해치운 뒤 동료의 뼈를 이쑤시개로 사용하더니 그릇에 담긴 포도주를 마저 쭉 들이켰어. 오디세우스는 그렇게 많은 포도주를 한꺼번에 마시는 모습을 본 적이 없었어.

폴리페모스의 목소리가 우렁우렁 동굴에 울려 퍼졌어.

"말해 봐. 네 이름은 무엇이냐? 이 포도주는 어디에서 났지? 더 내놔."

오디세우스는 잠시 생각하다가 입을 열었어.

"내 이름은 '아무도 아니야'다. 어머니 아버지가 나를 그렇게 불렀어. 내 친구들도 나를 찾을 때면 그 이름을 썼지."

오디세우스는 남은 포도주를 그릇에 콸콸 부었어. 폴리페모스는 이번에도 역시 포도주를 숨도 안 쉬고 깡그리 마셨어.

"너에게 선물을 주마. 아무도 아니야, 넌 아주 귀한 손님이구나. 네 친구들을 하나씩 차례차례 해치운 뒤 넌 마지막에 먹어 주마, 아무도 아니야."

말을 마치자마자 거대한 폴리페모스는 바닥에 쿵 소리를 내며 고꾸라지더니 술에 취한 채 드르렁드르렁 코를 골았어. 그 순간 오디세우스는 동료들에게 뾰족한 통나무를 들어서 끄트머리를 불에 달구라고 지시했어. 통나무가 벌겋게 불에 달궈지자, 선원들은 한 몸이 되어 통나무를 어깨 위로 번쩍 들어 올린 뒤 폴리페모스의 눈을 향해 던졌어. 폴리페모스는 잠에서 깨어나 고래고래 비명을 질렀지. 오디세우스는 그렇게 요란한 소리를 들어본 적이 없었어.

폴리페모스는 동굴 밖으로 뛰쳐나가며 다른 키클롭스들을 불렀어.

"도와주게! 날 공격한 건 아무도 아니야!"

여러 키클롭스가 폴리페모스가 외치는 소리를 들었지만 무슨 말인지 종잡을 수 없었어.

누군가 되물었어.

"널 공격한 게 아무도 아니야?"

그러자 다른 키클롭스가 폴리페모스를 안심시켰어.

"그럼 넌 별일 없는 거야."

여러 키클롭스는 걱정할 필요가 없다고 생각하여 각자의 동굴에 그냥 머물렀어.

마침내 선원들은 달아날 기회를 얻었어. 오디세우스는 털이 가장 길게 자란 양들을 붙잡은 뒤 세 마리씩 버드나무 가지로 묶었어. 그리고 선원들에게 가운데 양의 복슬복슬한 배에 매달려서 동굴을 빠져 나가자고 말했어.

아침에 해가 뜨자 양들은 오디세우스와 선원들을 매달고 어슬렁어슬렁 풀밭으로 향했어. 폴리페모스는 인간들을 찾아내려고 했지만 곁을 지나가는 양의 수북한 털만 기껏 어루만질 뿐이었어. 양들이 선원들을 동굴과 멀리 떨어진 곳에 데려다 놓자, 선원들은 냅다 뛰어서 배에 올라탄 뒤 죽자 살자, 노를 저었어.

오디세우스는 순순히 물러서지 않고 괴물을 비웃기 시작했어.

"이봐, 폴리페모스. 도움이 필요해 찾아간 손님들을 먹어 치우다니. 제우스 신이 너에게 벌을 내리리라!"

그러나 폴리페모스의 생각은 전혀 달랐어. 그 사람들은 손님이 아니었거든. 자기 집으로 무작정 쳐들어와 음식을 먹어 치우고 눈을 멀게 했으며 여러 키클롭스 앞에서 욕보인 사람이었지. 그러나 오디세우스는 고약하게도 자신이 키클롭스를 고통에 빠트렸다는 사실이 부듯했어.

오디세우스가 한 마디 덧붙였어.

"네 눈을 멀게 만든 자가 누구냐고 묻거든 라에르테스의 아들 오디세우스가 트로이에서 고향인 이타카로 돌아가는 길에 그랬다고 대답하라."

폴리페모스는 자신을 눈멀게 한 자의 이름을 듣고는 부르르 몸서리쳤어. 여러 해 전, 예언에서 들은 이름이었지.

"오디세우스! 그 이름을 가진 자가 내 눈을 멀게 할 줄 이미 알고 있었노라. 난 키가 크고 힘이 센 인물을 상상해 왔다. 약해 빠진 꼬맹아, 네 수상한 포도주에 홀려 잠들지 않았다면 내가 눈을 잃는 일은 없었으리라. 오디세우스, 소중하기 그지없는 손님이여, 내 마지막 선물을 주마. 바다를 다스리는 나의 아버지 포세이돈이여, 내가 진정 당신의 아들이라면 오디세우스가 고향 이타카로 돌아가지 못하게 하소서. 혹여 도착하더라도 이미 늦어서 집안이 쫄딱 망한 꼴을 보게 해 주소서."

그 말을 마치자마자 폴리페모스는 산기슭에서 거대한 바위를 떼어 내 바다에 휙 던졌어. 오디세우스가 탄 배는 파도에 심하게 출렁이며 뒤집힐 뻔했어. 오디세우스와 동료들은 간신히 목숨을 건졌지만, 포세이돈은 자기 아들을 고통에 빠뜨린 인간들이 편안하게 고향에 돌아가도록 내버려 두지 않았단다.

미다스 왕

배가 섬에서 멀리 벗어나자, 오디세우스의 친구 데모도코스는 동료들과 노를 저으며 이야기를 하나 들려주었어. 데모도코스는 수줍음이 많은 성격이라 사람들이 여럿 모여 대화를 나눌 때는 한마디 끼어드는 것도 어려워했어. 그래도 막상 이야기를 시작하면 언제나 사람들이 귀를 기울였어. 데모도코스에 따르면 미다스 왕은 결코 고약한 사람이 아니었어. 그저 경솔한 소원 하나가 미다스 왕의 삶을 바꿔 놓았을 뿐이야.

미다스는 프리기아의 왕이야. 프리기아는 아테네 동쪽의 트로이보다 더 먼 곳에 자리 잡은 왕국이란다. 어느 날 미다스는 장미가 곳곳에 활짝 핀 정원을 거닐다가 장미 덩굴 아래에서 코를 골고 있는 한 노인을 발견했어. 미다스 왕은 걸음을 멈추고 노인을 깨워 어디에서 왔는지 물었어. 노인은 기억나지 않는다며 자신이 디오니소스 신의 친구라고 밝혔어. 미다스는 노인을 곧장 디오니소스에게 데려다주었어. 디오니소스는 노인을 보자 무척 기뻐하며 미다스 왕에게 무슨 소원이든 이뤄 주겠다고 약속했어.

미다스는 깊이 생각하지 않고 냉큼 대답했어.

"제가 만지는 것은 무엇이든 황금으로 바꿔 주십시오."

디오니소스는 소원을 기꺼이 들어주었어. 미다스가 너그러운 신에게 감사의 뜻으로 손을 내밀었으나 디오니소스는 자신의 손을 거두고 연기처럼 사라졌어. 미다스는 새로 얻어낸 능력을 얼른 확인해 보고 싶었어. 장미 정원으로 가서 꽃잎을 만지자마자 모두 황금으로 바뀌었어. 안에 들어가려고 문을 열었더니 손잡이에 이어 문짝까지 황금이 되었지.

미다스는 자신의 새로운 능력이 무척 마음에 들어 배가 고픈 줄도 몰랐어. 한참이나 즐겁게 지내느라 저녁 식사도 놓치고 말았어. 미다스는 요깃거리를 찾아 식당으로 갔어. 그런데 손에 닿는 것마다 황금으로 변해 버리지 뭐야. 컵에 담긴 물조차 입술에 닿는 순간 단단한 금으로 바뀌었어.

사흘이 지나자, 미다스는 배고픔을 견딜 수 없었어. 이윽고 나흘 만에 디오니소스를 찾아가서 자신의 재능을 되가져가라고 간청했어. 디오니소스는 미다스에게 팍톨로스강에서 몸을 씻으면 재능이 사라질 거라고 알려 주었어. 미다스는 강으로 향했어. 강둑에 도착해 강물로 풍덩 뛰어든 순간 강둑은 황금이 되었으며 미다스의 재능은 깨끗이 씻겨 나갔어. 그 뒤로 미다스는 매사에 감사하며 살아가는 선량한 왕이 되었단다.

말을 마친 데모도코스는 이야기를 다들 주의 깊게 들었기를 바라며 배 안의 오디세우스와 선원들을 바라보았지.

아르고스시

꼬마 올빼미는 오디세우스가 고향으로 돌아갔을지 무척 궁금했어요. 할아버지 올빼미는 손자가 겁에 질린 걸 알아차렸어요. 바람이 어느덧 잠잠해졌고 둘은 땅 위를 날고 있었지요. 할아버지 올빼미는 결국 집으로 돌아갔다고 알려 주었어요. 물론 분노한 바다의 신 포세이돈의 벌을 받아 고초를 겪어 귀향길은 절대 쉽지 않았어요. 꼬마 올빼미는 오디세우스가 왜 그렇게 가혹한 벌을 받아야 했는지 이해되지 않았어요.

할아버지 올빼미가 말했어요.

"포세이돈은 오디세우스가 거만해서 벌을 내렸단다. 오디세우스는 키클롭스를 벗어난 것으로 만족하지 않고 한껏 조롱했잖니."

꼬마 올빼미는 포세이돈의 처지를 곰곰이 따져보았어요. 포세이돈은 제우스와 동등한데도 땅을 차지하지 못했어요. 꼬마 올빼미는 외로운 바다의 신이 살짝 안쓰러웠어요.

꼬마 올빼미는 집과 가까워졌다는 느낌이 들었어요. 돌로 지은 건축물이 저 멀리 우뚝 솟아 있었어요. 들판 가운데 세워진 아르고스시 곳곳에서는 쑥쑥 자라난 밀이 황금빛 물결처럼 출렁거렸어요. 아르고스 땅은 워낙 기름져서 농부들이 잠시라도 손을 멈출 겨를이 없었답니다.

여행이 막바지에 이르자 할아버지 올빼미는 아르고스 왕들에 대한 기억을 꼬마 올빼미에게 전해 주고 싶었어요.

"우선 네가 이해하고 넘어가야 할 게 하나 있단다. 왕들은 무조건 아들이 태어나기를 바랐어. 사람들은 남자가 여자보다 나라를 잘 다스린다고 생각했거든."

꼬마 올빼미는 눈살을 찌푸렸어요. 그리고 볼멘소리로 되물었어요.

"아테나 여신은 뭔가요?"

할아버지 올빼미가 대답했어요.

"신들은 사람과 달랐어. 여신의 힘과 지혜가 남신과 다를 게 없다는 걸 알았지. 그러나 사람들은 그 사실을 깨우치지 못했어. 아테나는 사람들에게 그 점을 가르쳐 주려고 했지."

페르세우스와
메두사

아르고스의 왕 아크리시오스는 아들이 생기지 않아서 걱정이었어. 왕국을 물려줄 사람이 없어 심각한 문제였지. 아크리시오스는 델피의 여사제를 찾아가서 자신에게 왜 아들이 생기지 않는지 물었어.

여사제는 그 질문에 대답하는 대신 이렇게 말했어.

"왕께서는 손자에게 목숨을 잃을 운명입니다."

아크리시오스는 몹시 섬뜩했어. 게다가 외동딸인 다나에는 자식이 없었으므로 이해가 되지 않았어. 그렇지만 예언을 믿어, 궁전 뜰에 청동으로 다나에의 방을 지었어. 벽이 다나에의 키보다 세 배나 높았으므로 벗어날 길이 없었어. 지붕이 뚫려 있어서 다나에는 햇볕은 쬘 수 있었단다. 왕은 딸을 청동으로 된 방에 가둬 놓으면 딸이 사랑에 빠질 리가 없으니, 예언과 달리 자식을 낳지 못하리라고 믿었단다.

어느 날 다나에가 그곳에서 옷감을 짜고 있는데 머리 위 하늘에 구름이 뭉게뭉게 피어났어. 순간 제우스의 번개가 번쩍거리더니 비가 내리기 시작했어. 흔히 볼 수 있는 비가 아닌 황금색 비가 다나에에게 내렸어. 그로부터 아홉 달 뒤, 다나에는 아들을 낳았고 이름을 페르세우스라고 지었어. 아크리시오스는 다나에가 아들을 낳은 이후로 예언이 떠올라 근심에 사로잡혔어. 그래서 다나에의 아들을 죽이려고 마음먹었으나 다나에에게 제우스와 하늘에서 내린 비에 대해 듣고는 계획을 바꿨어. 아크리시오스는 다나에에게 아기를 데리고 나무 상자로 들어가라고 명령한 뒤 병사들을 시켜 바다에 던졌어. 며칠 밤낮을 파도를 따라 출렁거린 끝에 나무 상자는 폴리덱테스 왕이 다스리는 섬에 닿았어. 폴리덱테스는 '많은 것을 받은 자'라는 뜻이야.

딕티스라는 어부가 잡아당긴 그물에 나무 상자 귀퉁이가 걸리면서 다나에와 페르세우스가 발견되었어. 딕티스는 그들을 곧장 집으로 데려와 함께 살자고 권하고 가족처럼 지냈어. 페르세우스는 쑥쑥 자라서 뛰어난 어부가 되었어. 그런데 폴리덱테스 왕이 어머니에게 왠지 호감이 있는 것 같다는 의심이 들었어. 왕이 허름한 어부의 집에 종종 찾아와 다나에에게 말을 걸었거든.

어느 날 폴리덱테스 왕은 다나에에게 선물할 화환을 품고 딕티스 집으로 들어서다가 페르세우스와 맞닥뜨렸어. 왕은 다나에를 향한 마음이 사람들 입에 오르내릴까 봐 페르세우스에게 불가능한 임무를 맡겨서 쫓아냈어. 페르세우스가 절대 돌아오지 않기를 바란 셈이었지. 폴리덱테스 왕은 페르세우스에게 고르곤 세 자매 중 하나인 메두사의 머리를 요구했어. 메두사라는 괴물은 한때 젊고 아름다웠어. 바다의 신 포세이돈은 메두사에게 반했으나 사랑을 거절당하자, 메두사의 머리카락을 모조리 뱀으로 바꿔 괴물로 만들었어. 또 메두사와 눈이 마주친 순간 누구라도 돌로 변하는 저주도 내렸어. 페르세우스는 메두사를 물리칠 방법을 전혀 몰라서 아테나에게 기도하며 도움을 청했어. 아테나는 온몸을 무장한 채 페르세우스 앞에 나타나 저녁노을의 요정들인 헤스페리데스를 찾아가라고 알려 주었어. 저녁노을의 요정들이 메두사를 죽일 무기들을 맡고 있었거든. 페르세우스는 헤스페리데스가 어디에 사는지 몰랐어. 그들이 사는 곳을 알려면 우선 그라이아를 찾아가야 했어.

그라이아는 나이가 어마어마하게 많은 세 자매였어. 그들은 눈 하나와 이 하나를 서로서로 나누어 썼어. 페르세우스는 몇 날 며칠을 걸은 끝에 어둡기 짝이 없는 동굴에 도착했어. 페르세우스가 칠흑 같은 어둠 속에서 눈을 깜박이며 초점을 맞출 때 세 자매는 침입자를 제대로 확인하고자 서로 눈을 주고받았어. 페르세우스는 이때가 기회다 싶어서 그라이아의 손에서 손으로 넘겨지는 눈을 낚아챈 뒤 주머니에 집어넣었어.

그라이아는 벌컥 화를 냈어.

"나그네여, 뭘 바라는 게냐?"

귀에 거슬릴 만큼 잔뜩 쉰 목소리가 까마귀 울음처럼 들렸어.

"헤스페리데스를 어디에서 찾을 수 있는지 알려……."

그라이아는 페르세우스가 말을 끝내기도 전에 고개를 내저었어. 결심이 확고해 보였지.

페르세우스가 겁을 주었어.

"헤스페리데스가 어디에 있는지 알려 주지 않는 한 그대들의 눈은 내 주머니에 있을 테니 영영 보지 못하리라!"

노파들은 구시렁거리다가 말을 멈추고는 동시에 돌아섰어. 그러고는 어두운 동굴을 줄줄이 나선 뒤 페르세우스를 데리고 헤스페리데스가 머무는 숲으로 향했어.

페르세우스가 그라이아를 따라 서쪽으로 가는 동안 해가 가라앉았고 온 세상이 주황

빛 노을로 물들었어. 일곱 명의 요정인 헤스페리데스는 페르세우스와 마주치자마자 그가 왜 왔는지 알아차렸어.

보물 상자를 열더니 전령의 신 헤르메스의 날개가 달린 샌들과 제우스의 부러지지 않는 다이아몬드 칼, 아테나의 반짝반짝 윤이 나는 방패, 머리에 쓰면 모습이 보이지 않는 투명 투구, 자신들이 손수 엮어서 만든 배낭을 건네주었지. 페르세우스는 감사의 말을 전하고, 헤스페리데스가 메두사의 동굴까지 가는 길을 설명할 때 귀를 쫑긋 세우고 들었어.

페르세우스는 여러 날을 걷고 또 걷다가 저 앞에서 희한한 조각상들을 발견했어. 가까이 다가가 보니 누가 조각한 조각상이 아니라 메두사를 보고 돌이 된 사람들이었어. 어떤 조각상은 공포에 질려 있었고 또 어떤 조각상은 무릎을 꿇은 채 어깨 너머로 고개를 돌리고 있었어. 그 순간 뱀들이 쉭쉭 거리는 소리가 들렸고, 메두사의 동굴에 도착했다는 걸 알았어. 페르세우스는 메두사에게 들키지 않으려고 투명 투구를 썼어. 아테나의 반짝거리는 방패를 비스듬히 들어 방안을 비추자 메두사의 잠든 모습이 보였어. 그래서 지체하지 않고 고르곤의 마녀 쪽으로 뛰어들었어. 메두사는 한쪽 구석에서 드르렁 코를 골고 있었어. 페르세우스는 메두사를 비추는 방패에서 눈을 떼지 않고 메두사의 머리를 댕강 잘라 냈어. 잘린 머리에서 뱀들이 쉭쉭 소리를 내며 꿈틀대더니 금세 잠잠해졌어. 페르세우스는 메두사의 머리를 집어 들어 헤스페리데스가 만든 배낭에 쑤셔 넣은 뒤 헤르메스의 날개 달린 샌들을 신고 재빨리 달아났어.

페르세우스와 안드로메다

페르세우스는 집으로 돌아오는 길에 케페우스 왕과 카시오페이아 왕비가 다스리는 에티오피아 왕국에 잠시 들렀어. 배를 묶어 두고 고개를 든 순간 처참한 장면이 페르세우스의 눈길을 사로잡았어. 한 여인이 바위에 쇠사슬로 묶여 있었는데, 발밑에는 바닷물이 찰랑거렸어. 그 여인은 달아나려고 쇠사슬을 잡아당기거나 몸부림치지 않았어. 발목에서 파도가 넘실거리는데도 조각상처럼 꼿꼿이 선 채 고개를 돌려 바다를 외면할 뿐이었어. 페르세우스는 해변에서 상자에 물고기를 담고 있는 어부에게 다가갔어.

"저 여인은 누구요? 어떤 자가 바닷물이 세차게 밀려오는 바위에 여인을 묶어 두었소?"

페르세우스는 넘실대는 파도를 묵묵히 견디고 있는 여인의 강한 의지와 용기에 감탄을 금치 못했어. 어부가 대답하려는데 여인의 발목 주변에서 바닷물이 부글부글 요동치더니 물살이 해안을 덮쳤어. 파도가 얼마나 거칠던지 페르세우스는 여인이 바닷물에 잠겼을까 봐 걱정스러웠어.

용처럼 생긴 거대한 괴물이 이빨을 쫙 드러내며 물 위로 솟구쳤는데 꼬리가 항구를 가로질렀어.

어부가 페르세우스의 질문에 대답했어.

"안드로메다요. 케페우스 왕과 카시오페이아 왕비의 딸이지요. 어머니 카시오페이아가 자신이 바다 요정들보다 더 예쁘다고 뽐내자, 포세이……"

순간 어부가 말을 잇지 못했어. 괴물이 꼬리를 높이 치켜들었다가 바닥으로 내리친 탓에 짜디짠 바닷물이 절벽을 덮쳤거든.

어부가 이야기를 이어 갔어.

"바다의 신 포세이돈은 바다 요정들보다 더 예쁘다는 카시오페이아의 주장을 듣자, 분노를 참지 못했소. 그래서……."

어부는 괴물이 내던진 해초 뭉치를 피해 왼쪽으로 돌아선 뒤 덧붙였어.

"이렇게…… 괴물을 보냈다오."

페르세우스는 왜 안드로메다가 이런 일을 겪어야 하는지 이해할 수 없었어.

어부는 설명했어.

"왕은 괴물을 없앨 방법을 알아내려고 사제를 찾아갔다오. 그런데 답을 듣는 순간 자신이 던진 질문을 후회할 수밖에 없었소."

어부는 말을 이어 갔어.

"사제가 포세이돈의 분노를 가라앉히려면 딸을 괴물에게 바쳐야 한다고 전했기 때문이오. 결국 왕과 왕비가 저렇게 해 놓았다오."

페르세우스는 고개를 들어 젊은 여인을 바라보았어. 여인은 괴물이 바로 발 앞에 있건만 눈곱만큼도 두려워하지 않았어. 페르세우스는 헤스페리데스가 만들어 준 배낭을 확 뜯은 뒤 메두사의 머리를 꺼내서 뱀들을 움켜쥐었어. 메두사의 눈은 죽어서도 힘을 잃지 않았어. 페르세우스는 해안을 따라 달려가 절벽을 타고 올라 괴물과 마주하자마자 메두사의 잘린 머리를 번쩍 들어 올렸어. 괴물은 고개를 꼿꼿이 세우고 메두사의 눈을 뚫어지게 바라보았어. 가장 먼저 용의 양쪽 눈이 하얀 대리석으로 바뀌더니 곧이어 목 색이 사라졌고 이내 몸 전체가 차가운 돌로 변해 버렸어. 페르세우스는 안드로메다의 쇠사슬을 풀어 준 뒤 돌로 변한 괴물을 뒤로하고 안드로메다에게 청혼했고, 승낙을 얻었단다.

페르세우스는 메두사의 머리를 폴리덱테스 왕에게 건네고, 어머니를 다시 만나기 위해 아르고스로 돌아갔어. 그렇지만 막상 집에 돌아와 보니 어머니를 어디에서도 찾을 수가 없었어. 도시 전체를 샅샅이 뒤진 끝에 조그만 신전에 어머니가 갇혀 있다는 사실을 알아냈지. 폴리덱테스 왕은 병사들을 시켜 신전 주변을 물샐틈없이 지키고 있었어. 그런데 오래전에 떠난 페르세우스가 살아서 눈앞에 나타나자 너무 놀라서 빤히 바라볼 수밖에 없었지. 페르세우스는 기회를 놓치지 않고 배낭 속에서 메두사의 머리를 다시 꺼냈어.

왕과 병사들은 머리를 보고는 경악을 금치 못했어. 곧이어 모두 돌로 변했어. 페르세우스는 갇혀 있던 어머니를 구한 뒤 아르고스 왕국을 어머니와 어부 딕티스에게 맡겼어. 어머니가 변함없이 사랑했던 사람은 바로 딕티스였어.

그러나 페르세우스는 할아버지인 아크리시오스 왕을 죽이게 된다는 예언에서 벗어나지 못했어. 페르세우스가 아르고스로 돌아왔다는 소식을 듣자마자 아크리시오스는 재빨리 달아나 멀리 북쪽에 있는 테살리를 거처로 삼았어.

페르세우스는 예언에 대해 전혀 몰라서 할아버지가 왜 떠났는지 이해할 수 없었어. 그래서 할아버지를 찾겠다고 길을 나섰어. 페르세우스가 테살리에 도착해 보니 한창 육상 대회를 치르는 중이었어. 페르세우스는 원반던지기 경기에 참여했어. 순서가 돌아오자 둥글고 납작한 돌을 집어 들고 젖 먹던 힘까지 내서 어깨를 뒤로 한껏 젖혔다가 날려 보냈어. 그야말로 완벽했지. 원반은 직선을 그리며 쭉 날아갔어. 경기장을 절반 가까이 뻗어 나가서 다른 참가자들의 코를 납작하게 했어. 그러나 원반은 가장 먼 표시 지점을 지나자마자 갑자기 방향을 틀어 오른쪽으로 빙글빙글 돌았어. 페르세우스는 원반이 관중을 향해 날아간다는 사실을 깨달았어. 겁이 나 관중에게 소리 지르며 경고했지만 이미 늦었어. 원반이 어찌나 세차게 날아가 부딪쳤는지 페르세우스의 할아버지 아크리시오스는 그 즉시 죽고 말았어. 세상에는 도저히 피할 수 없는 예언이 있기 마련이야.

헤라클레스의 과업

아르고스의 왕 헤라클레스 역시 끔찍한 살인자가 된다는 예언을 들었어. 헤라클레스는 제우스 신과 인간 알크메네 사이에서 태어났단다. 헤라클레스라는 이름은 '헤라에게 영광을'이라는 뜻으로 가정의 신 헤라의 노여움을 달래기 위해 지은 거야. 그 바람은 이뤄지지 않았고, 헤라는 헤라클레스를 태어날 때부터 증오했어. 어느 날 헤라는 헤라클레스에게 주문을 걸어 아내와 자식들을 죽이도록 조종했어. 주문이 풀리자 헤라클레스는 자신이 한 짓을 보고 온몸을 사시나무 떨듯 떨며 조언을 얻고자 아폴론 신전을 찾아갔어. 아폴론은 헤라클레스에게 미케네로 가서 에우리스테우스 왕을 12년 동안 모시라고 일러 주었어. 아울러 이 일을 마치면 헤라클레스에게 죽지 않는 불사의 삶을 선물하겠노라고 약속했어. 헤라클레스는 아내와 자식들이 세상을 떠난 마당에 자신이 왜 영원한 삶을 얻어야 하는지 알 수 없었지만, 그저 신의 뜻을 따르기로 했어. 곧장 미케네로 가서 에우리스테우스의 발 아래 무릎을 꿇고 왕이 시키는 일은 무엇이든 반드시 해내겠다고 약속했어. 에우리스테우스는 충성을 맹세하는 사람을 얻게 되자 기분이 날아갈 것 같았어. 그래서 마음속으로 그려 왔던 온갖 위험한 임무와 과제를 하나씩 떠올려 보았어.

제일 먼저 에우리스테우스는 헤라클레스에게 무지무지하게 거대한 네
메아의 사자를 죽이라고 지시했어. 네메아의 사자는 몸집이 엄청나게 크고
마법의 힘을 가진 듯한 짐승이었어. 헤라클레스는 화살이나 칼로 사자 가
죽을 뚫지 못하자 힘으로 겨룰 수밖에 없다고 생각했어. 결국 사자의 동굴
로 들어가 맨손으로 사자의 목을 졸랐어.

곧이어 에우리스테우스는 히드라를 죽이라고 명령하며 헤라클레스를 레르네로 보냈어. 히드라는 머리 아홉 개 달린 독을 품은 바다 괴물로 네메아의 사자보다 몇 배는 더 위험천만했어. 히드라의 아홉 개 머리 중 하나를 자르면 그 자리에 두 개가 더 솟아났어. 헤라클레스가 머리를 베는 바람에 머리가 72개까지 늘어났고, 모두 쉭쉭 소리를 내며 독을 뿜어냈어. 헤라클레스는 친구 이올라오스를 불러서 도와 달라고 부탁했어. 둘은 힘을 합쳐 히드라의 목을 자른 뒤 새로 돋아나지 않도록 불에 벌겋게 달군 나뭇가지로 피가 흐르는 곳을 지졌어. 헤라클레스가 친구와 함께 에우리스테우스의 왕궁으로 돌아가자 왕은 헤라클레스 혼자 이뤄 낸 과업이 아니라며 인정하지 않았어.

에우리스테우스는 두 가지 임무를 더 주었어. 동물 두 마리를 산 채로 각각 데려오라고 했지. 한 마리는 케리네이아산의 성스러운 사슴으로, 황금 뿔과 황금 발굽이 달려 있었어. 헤라클레스는 1년 내내 그 사슴을 쫓아다닌 끝에 화살 한 발을 쏘아서 붙잡았고, 어깨에 메고 미케네로 돌아왔어. 다른 하나는 에리만토스산의 멧돼지였어. 헤라클레스는 무릎까지 쌓인 눈을 헤치며 여러 날을 추격하여 그물로 멧돼지를 잡았어.

에우리스테우스는 사슴과 멧돼지가 왕궁의 우리에서 무사히 지내는 모습을 확인하고는 헤라클레스에게 새로운 임무를 맡겼어. 아우게이아스의 외양간을 깨끗이 치우는 일이었지. 아우게이아스는 소를 수천 마리나 길러서 일꾼 수백 명이 허구한 날 밤낮으로 치워 봤자 눈곱만큼도 표가 나지 않았어. 헤라클레스는 해지기 전에 외양간을 깨끗이 치울 테니 그 대신 기르고 있는 가축의 10분의 1을 달라고 제안했어. 아우게이아스는 터무니없는 제안이라고 생각하여 흐뭇하게 고개를 끄덕였어.

헤라클레스는 계획이 있었어. 아우게이아스 농장을 가운데 두고 양쪽으로 흐르는 두 줄기 강물에게 부탁했어. 원래의 방향을 틀어서 아우게이아스의 외양간으로 곧장 흘러가 달라고 말이야. 두 강물은 헤라클레스의 의도대로 세차게 외양간으로 흘러 들어갔고, 바닥에 지저분하게 쌓여 있던 똥과 건초와 여물 찌꺼기는 눈 깜짝할 사이에 사라졌어. 에우리스테우스는 이번 임무 역시 헤라클레스가 해결해야 할 열 가지 과업 중 하나로 인정하지 않았어. 헤라클레스가 아니라 강물이 외양간을 청소했다고 주장했지.

　에우리스테우스는 헤라클레스에게 스팀팔로스의 새들을 처리하라고 명령했어. 새들은 늑대에게 잡아먹히지 않으려고 스팀팔로스의 호수에 모여 살았어. 헤라클레스는 호숫가에 도착한 뒤 그 새들이 예사롭지 않다는 걸 알아냈어. 새들의 무시무시한 부리와 발톱은 청동으로 되어 있었고, 새들은 호수가 보이지 않을 정도로 어마어마하게 많았어. 주위 들판에서 자라던 곡식들은 남아나지 않았고 나뭇가지들은 수천 마리 새들의 무게를 이기지 못해 땅바닥으로 휘어졌어. 헤라클레스가 호수로 다가가자, 아테나는 헤파이스토스가 만든 황금 방울을 건네주었어. 방울을 흔들자, 귀청이 찢어질 듯 요란한 소리가 터져 나왔단다. 새들은 하늘로 푸드덕 날아올랐고 다시는 돌아오지 않았다는구나.

　에우리스테우스는 일곱 번째 과제로 헤라클레스에게 크레타의 황소를 미케네로 데려오라고 명령했어. 예전에 바다의 신 포세이돈은 크레타의 왕 미노스에게 왕권의 상징으로 황소를 보냈어. 그러면서 내심 미노스 왕이 황소를 다시 제물로 바쳐 자신에게 경의를 표하길 기대했어. 미노스 왕은 황소를 보는 순간 너무 아름다워서 차마 죽일 수 없었어. 그래서 은은하게 빛나는 하얀색 황소를 자신의 소 떼 사이에 데려다 놓고 포세이돈에게 다른 황소를 바쳤어. 포세이돈은 두 번째로 좋은 제물을 받자 몹시 불쾌해 미노스 왕과 그 가족에게 벌을 내렸어. 왕비 파시파에가 하얀색 황소를 사랑하게 만들었어. 파시파에는 밤마다 몰래 들판으로 빠져나가 황소 곁에 자리 잡고는 어둠 속에서 하얀색 털을 어루만졌어. 그러다가 반은 사람이고 반은 황소 모습인 끔찍한 존재를 낳았지. 그게 바로 미노타우로스야. 헤라클레스는 크레타의 황소를 찾아내, 땅바닥을 뒹굴며 맨손으로 싸운 끝에 줄로 꽁꽁 묶어서 손쉽게 끌고 왔어.

곧이어 에우리스테우스는 헤라클레스에게 명마의 고장인 트라키에로 가서 디오메데스 왕의 암말들을 데려오라고 명령했어. 이 암말들은 피에 굶주려 있었고 오로지 사람만 먹었대. 헤라클레스는 그 이야기를 듣자 덜컥 겁이 났지만 군말 없이 명령에 따랐어. 디오메데스 왕을 죽이고는 그의 몸을 던져 주자, 암말들은 디오메데스 왕을 마치 풀처럼 꼭꼭 씹은 뒤 꿀꺽 삼켰어. 그러고는 배가 불러 기분이 좋은지 얌전히 서 있었지. 헤라클레스는 암말들에 굴레를 씌워 에우리스테우스에게 데려왔어.

에우리스테우스는 헤라클레스에게 맡길 다음 임무를 곰곰이 생각하다가 딸에게 선물하겠다며 히폴리테 여왕의 허리띠를 가져오라고 시켰어.

히폴리테 여왕은 아마존 종족을 다스리던 용맹한 전사였어. 이윽고 헤라클레스는 아마존 지역에 도착해 여왕을 만난 자리에서 자신의 처지를 설명한 뒤 허리띠를 에우리스테우스의 딸에게 선물로 갖다주어도 되는지 물었어. 놀랍게도 히폴리테가 허락했어. 그런데 허리띠를 풀어서 헤라클레스에게 건네려는 순간 헤라가 나타났어.

헤라는 헤라클레스가 가족에게 저지른 짓에 비해 너무 편하게 지내서 좀 더 고되게 만들어야겠다고 결심했어. 헤라는 아마존 여전사로 변신하고는 여왕이 정체 모를 이방인의 속임수에 넘어가서 허리띠를 넘겨줄 것 같다고 다른 여전사들에게 의심을 부추겼어. 아마존 여전사들은 저마다 양날 도끼를 뽑아 들고 히폴리테 여왕을 둘러쌌어.

헤라클레스는 그 모습을 보고는 헤라가 아니라 여왕이 자신을 속였다고 생각했어. 그래서 날아오는 무기들을 이리저리 피하며 여왕을 죽인 뒤 손에 허리띠를 들고 배를 향해 전속력으로 달렸어.

에우리스테우스는 헤라클레스에게 게리온의 붉은 황소를 데려오라는 열 번째 임무를 명령했어. 게리온은 몸이 세 개, 손이 여섯 개, 발도 여섯 개인 데다 거대한 날개 한 쌍까지 달린 거인으로 서쪽의 에리테이아 섬에 살았어.

그 섬은 리비아 사막을 건너가야 했어. 헤라클레스는 사막을 절반도 건너지도 못했는데 녹초가 되어 곧 쓰러질 것 같았어. 쨍쨍 내리쬐는 태양을 향해 욕을 마구 퍼부었지. 그러고도 분이 풀리지 않자, 태양을 향해 화살을 날렸어. 뜻밖에도 태양의 신 헬리오스가 전차를 보내 준 덕분에 헤라클레스는 에리테이아섬까지 남은 거리를 날아갈 수 있었지. 섬에 도착하자 머리 둘 달린 거대한 개가 으르렁거리며 헤라클레스를 가장 먼저 맞이했어. 헤라클레스가 자신의 몽둥이로 개를 때려눕히자 목동 에우리티온은 개가 무엇 때문에 소란스러운지 알아보려고 나타났어. 헤라클레스는 에우리티온 역시 똑같이 해치웠어.

개가 울부짖고 에우리티온이 비명을 지르자 게리온은 벌떡 일어나서 머리 세 개에 투구를 쓰고 솥뚜껑만큼 커다란 손마다 방패를 들었어. 헤라클레스는 몸이 셋인 괴물이 자신을 찾아낼 때까지 잠자코 있을 수 없었어. 몸을 돌려 어깨에 멘 화살통에서 독화살 하나를 살며시 뽑아 들었어. 헤라클레스가 쏜 화살이 이마 한가운데에 박힌 순간 거인의 무릎 세 쌍이 풀썩 꺾였으며 목 세 개는 땅 쪽으로 구부러졌어. 헤라클레스는 목동 에우리티온의 손에서 지팡이를 빼낸 뒤 황소들을 몰고 에우리스테우스의 궁전으로 향했어. 헤라는 이번에도 헤라클레스가 임무를 너무 간단히 처리했다고 생각해서 쇠파리를 보내 붉은 황소들을 깨물게 했어. 황소들은 사방팔방으로 달아났어. 헤라클레스가 황소들을 빠짐없이 모으기까지 거의 1년이 걸렸지. 헤라클레스는 찾아낸 황소 모두를 이끌고 미케네로 한 발 한 발 다가갔어. 그러자 헤라가 홍수를 일으켜 황소들은 강을 건널 수가 없었어. 헤라클레스는 강에 차곡차곡 돌을 쌓아 올린 뒤 황소들을 이끌고 야트막한 강물을 건너갔어.

에우리스테우스가 황소들을 데려오라고 시킨 이유는 헤라에게 바치기 위해서였어! 그 말을 듣는 순간 헤라클레스의 표정은 어땠을까?

에우리스테우스는 헤라클레스가 이전에 성공한 임무 중 두 개를 인정하지 못하겠다며 헤스페리데스의 황금 사과를 가져오고, 머리가 셋 달린 개 케르베로스를 하데스에서 데려오라고 시켰어. 헤라클레스가 알기로는 티탄 아틀라스만이 헤스페리데스의 정원에서 황금 사과를 딸 수 있었어. 티탄이 신들에게 패배하자 아틀라스는 제우스에게 하늘을 영원히 어깨에 떠받들고 있으라는 형벌을 받았어.

헤라클레스는 이윽고 아틀라스를 찾아냈어. 하늘을 떠받든 아틀라스의 양쪽 어깨는 엉망진창이었어. 헤라클레스는 하늘을 대신 받치고 있을 테니 황금 사과를 갖다 달라고 부탁했어. 아틀라스는 안도의 한숨을 내쉬며 하늘을 내동댕이치다시피 넘겨주었어. 곧이어 사과를 가지고 돌아와서 자신이 직접 에우리스테우스에게 건네겠다고 제안했어.

"자네의 돌아가는 수고를 덜어 주겠네."

헤라클레스는 아틀라스의 꿍꿍이를 알아챘으나 거절하면 아틀라스가 화를 낼까 봐 염려스러웠어. 그래서 헤라클레스 역시 꾀를 냈어.

"좋습니다. 아틀라스여, 사과를 에우리스테우스에게 전해 주십시오. 그대는 거인이라 다리가 길기 때문에 나보다 훨씬 빨리 바다를 건널 수 있겠지요."

아틀라스는 자신의 계략이 먹혀든 줄 알았어.

헤라클레스는 몇 마디 덧붙였어.

"길을 떠나기 전에 하늘 좀 잠깐 들어 주시오. 어깨에 두른 망토를 제대로 펴야겠소."

아틀라스는 사과를 내려놓고 헤라클레스에게 하늘을 넘겨받았어. 그리고 어깨로 다시 들어 올리려고 끙끙거리는 동안 헤라클레스는 황금 사과를 들고 유유히 빠져나왔어.

에우리스테우스는 헤라클레스가 황금 사과를 어깨에 메고 나타나자, 입이 쩍 벌어졌어. 영웅이 또다시 임무를 완수했거든!

곧이어 헤라클레스는 지하 세계로 가 하데스를 만난 자리에서 케르베로스를 데리고 나가게 해 달라고 청했어. 헤라클레스와 하데스가 이야기를 주고받는 동안 머리 셋 달린 개는 까만색의 젖은 코로 드르렁드르렁 소리를 내며 잠에 빠졌어. 하데스는 헤라클레스에게 케르베로스를 데려가라고 허락했어. 헤라클레스가 침입했는데도 깨어나지 못했으니 그다지 훌륭한 경비견은 아니었던 셈이지. 대신 무기를 사용하지 말고 개를 데려가라는 조건을 내걸었어. 개들이 귀를 쫑긋 세우고 주인의 지시를 따르는 경우가 있는데 헤라클레스가 바로 그런 주인이었어. 헤라클레스가 입으로 쯧쯧 소리를 내며 이름을 부르자 머리 셋 달린 개 케르베로스는 헤라클레스의 뒤를 따라 터벅터벅 걸으며 지하 세계를 빠져나왔어.

헤라클레스는 개를 에우리스테우스의 궁전으로 데려갔어. 왕은 케르베로스를 데려오라고 지시하긴 했지만, 무서워서 덜덜 떨렸어. 헤라클레스가 도착했을 때 왕은 커다란 항아리 안에 웅크리고 있었어. 에우리스테우스는 헤라클레스에게 케르베로스를 지하 세계로 데려가라고 간청하며 그 일을 처리하면 더는 어떤 임무도 맡기지 않겠다고 약속했어. 헤라클레스가 보기에 케르베로스의 커다란 갈색 눈동자 여섯 개는 주인 하데스를 열심히 찾고 있었으므로 집으로 데려다주기로 했지.

에우리스테우스는 헤라클레스가 열두 개의 과업을 완수했으니 죗값을 충분히 치렀다고 생각했어. 그러나 헤라클레스는 돌아갈 집도 없고 위험천만한 모험 생활이 그리웠어. 결국 이아손을 따라 아르고 원정대에 합류한 뒤 황금 양털을 찾으러 바다 저 멀리 떠났어.

지하 세계

꼬마 올빼미가 말했어요.

"헤라클레스는 모든 임무를 해냈군요. 헤라의 주문에 걸려서 저지른 일을 책임진 셈이네요. 사실 헤라클레스가 책임질 이유가 전혀 없었잖아요."

할아버지 올빼미가 엄숙한 표정으로 고개를 끄덕였어요.

"헤라클레스가 한 일이잖니. 그게 중요하단다."

올빼미들이 아르고스를 막 벗어나려던 순간 꼬마 올빼미 아래에서 뭔가가 움직였어요. 어둠 속에서도 하얗게 빛나는 다른 올빼미였어요. 둘은 가까이 다가갔어요. 할아버지 올빼미가 흰 올빼미에게 말을 걸었어요.

"잠깐만요, 안녕하세요?"

흰올빼미는 못 들은 것 같았어요. 할아버지 올빼미와 꼬마 올빼미는 그렇게 커다란 올빼미를 본 적이 없었어요. 둘이 주변을 맴돌자, 흰올빼미가 고개를 돌려 바라보았어요. 그리고 화들짝 놀라 캑캑거리더니 새빨간 과육이 붙은 씨를 입에서 뱉었어요.

"저게 뭔가요?"

꼬마 올빼미가 소곤거리자 할아버지 올빼미가 알려 주었어요.

"석류 씨란다."

둘이 궁금증을 안고 쫓아가는데 흰올빼미가 아래로 쑥 날아가더니 기다란 풀밭 아래로 사라졌어요.

흰올빼미가 속도를 높이며 바닥으로 급강하했지만, 할아버지 올빼미와 꼬마 올빼미는 속도를 늦추려고 퍼덕퍼덕 허우적거렸어요. 별안간 발아래 땅에 틈이 생기더니 점차 커졌어요.

두 올빼미는 보이지 않는 줄이 당기기라도 하듯 땅속으로 빨려 들어갔어요. 꼬마 올빼미는 눈을 꼭 감고 할아버지 올빼미의 꼬리를 부리로 단단히 물고 뒤에 바짝 붙었어요. 둘은 끝없이 빙글빙글 돌며 아래로 또 아래로 떨어졌는데 그렇게 캄캄한 곳은 난생 처음이었어요. 마침내 어슴푸레한 동굴이 나타났을 때 흰올빼미가 갑자기 멈추더니 자그마한 나무배로 보이는 곳 뒤편에 올라앉았어요.

알록달록 크고 작은 개구리들이 이상야릇한 땅을 빼곡하게 메우고 있었어요. 꼬마 올빼미의 눈은 왕방울만큼 커졌어요. 흰올빼미가 고갯짓하며 두 올빼미를 곧 부서질 것 같은 배로 불렀어요. 할아버지 올빼미와 꼬마 올빼미가 뒤를 돌아보니 틈이 점차 좁아졌어요. 달리 뾰족한 수가 없었어요. 두 올빼미가 불안한 표정으로 배 앞에 자리 잡았을 때 저쪽 끝에서 뭔가 가 보였어요. 생김새는 인간과 비슷한데 눈에는 파란색 불길이 이글거렸고 꼭 쥐고 있는 막대기는 투박한 손에서 쑥 자라난 것처럼 보였어요. 흰올빼미가 부리를 벌려 그자의 무릎에 금화 한 닢을 툭 떨어트렸어요. 그자는 눈을 뜨더니 기다란 막대기를 배 아래 물속으로 쑥 밀어 넣었답니다. 그 순간 할아버지 올빼미는 그자의 정체를 알아채고는 두려움에 몸을 부르르 떨었어요.

지하 세계로 영혼을 안내하는 뱃사공 카론이었거든요. 배가 강변에서 슬슬 멀어지며 어두컴컴한 강을 따라 흘러가자, 개구리들이 개굴개굴 노래를 부르기 시작했어요. 올빼미들이 바짝 얼어붙은 채 한없이 침묵을 지키며 앉아 있는 동안 카론은 기다란 막대기로 노를 저었어요. 카론이 노를 저으며 널따란 들판을 스쳐 갈 때 영혼들이 행복하게 햇볕을 쬐며 접시에 담긴 과일을 먹거나 예술과 시에 관한 대화를 나누었어요. 쇠창살로 가로막힌 감옥도 지나쳤는데, 침울하고 기진맥진한 영혼들로 가득한 곳이었지요. 꼬마 올빼미는 할아버지 올빼미가 깃털로 눈을 가리는 바람에 그 모습을 그저 잠깐밖에 볼 수 없었어요.

이윽고 배가 어딘가 쿵 부딪치며 멈추자, 할아버지 올빼미가 겨우 소리를 냈어요.

"우리는…… 집으로 돌아가고 싶소."

할아버지 올빼미가 말하자 흰올빼미는 웃음이 금세 터질 것 같은 표정을 지었어요.

"집? 집에 왔잖소! 살아 있던 존재들은 누구나 지하 세계인 집으로 온다오."

흰올빼미는 껄껄 소리 내어 웃었어요. 그러고는 꼬마 올빼미를 똑바로 바라보았어요. 꼬마 올빼미는 몸이 파르르 떨렸지만, 아무렇지 않은 듯 깃털을 곤두세웠어요.

할아버지 올빼미가 말했어요.

"아테네 집을 말하는 게요. 아테나 신이 있는 곳 말이오."

흰올빼미는 입을 다물었는데 왠지 즐거워 보였어요. 부리에서 석류 씨를 다시 톡 내뱉고서 가장 좋아하는 이야기를 꺼냈어요.

데메테르와
페르세포네

봄의 신 페르세포네는 제우스 신과 수확의 신 데메테르의 딸이야. 어느 날 페르세포네는 맑은 연못가에서 꽃을 모으고 있었어. 주머니에 담다 보니 더는 들어갈 곳이 없었지. 페르세포네가 엄지와 검지로 마지막 꽃의 줄기를 쥐고 가만히 잡아당겼는데 꼼짝도 하지 않았어. 그래서 좀 더 힘을 주었으나 줄기가 휘어지기만 할뿐 여전히 그대로였어. 마지막으로 있는 힘껏 잡아당기자, 흙덩어리를 잔뜩 매단 채 겨우 뽑혔어.

페르세포네는 무릎을 꿇고서 유별나게 튼튼한 꽃을 살펴보았어. 꽃은 평범해 보였는데 위로 들어 올린 순간 꽃잎이 갈색으로 변하고 쪼글쪼글해졌어. 줄기에 힘이 없는지 꽃은 푹 파인 구멍 쪽으로 고개를 떨어트렸어. 페르세포네는 얼음처럼 차가운 손길이 손목을 움켜쥐는 느낌을 받았어. 곧이어 눈 깜짝할 사이에 구멍 안 지하 세계로 빨려 들어갔어.

페르세포네가 집에 돌아오지 않자 데메테르는 무슨 일이 생긴 건지 걱정됐어. 딸의 이름을 크게 불러 보아도 대답이 없자 딸을 찾아 사방팔방을 돌아다녔어. 데메테르가 얼마나 눈물을 많이 흘렸는지 농부들이 곡식에 줄 물조차 남아 있지 않았단다. 그해에는 아무것도 추수하지 못해서 자칫 수많은 사람이 죽을 만큼 굶주림에 시달렸어. 데메테르의 비통한 마음 때문에 너도나도 고통을 겪었지. 상황을 쭉 지켜보던 태양은 데메데르가 안쓰러워서 어떤 일이 벌어졌는지 알려 주었어. 데메테르는 이 사건이 우연이 아니라 납치라는 걸 알았어. 지하 세계의 신 하데스가 생명의 세계로 이어진 길을 발견하여 땅의 갈라진 틈으로 딸을 납치한 게 분명했지.

데메테르는 곧장 제우스를 찾아갔어.

"우리 딸이 하데스에게 납치당했어요. 그 애를 어떻게 구해 줄 건가요?"

제우스는 자신이 없었어. 하데스와 형제 사이였고, 둘은 힘이 막상막하였거든. 제우스는 산 자의 땅을 다스리고, 하데스는 죽은 자의 땅을 지배했어.

얼마 지나지 않아 제우스는 지상의 굶주린 사람들의 비명에 귀가 먹먹해졌어. 결국 마지못해 한 가지 해결책을 내놓았지.

"우리 딸이 지하 세계에서 음식을 한 입도 먹지 않았다면 다시 데려올 수 있소."

데메테르는 얼굴이 일그러졌어. 페르세포네가 배고파하기 전에 찾아내야 했어.

데메테르는 지하 세계로 들어서자마자 딸의 흔적을 느꼈어. 음산한 기운과 죽음이 허공을 떠도는데도 손바닥만큼 작은 땅에서 싱싱한 옥수수가 자라나고 있었거든. 데메테르는 곡식을 자라게 하는 자신의 능력을 딸이 고스란히 물려받았다는 생각에 슬며시 웃음이 났어. 그 순간 페르세포네가 데메테르 앞에 불쑥 나타났어. 페르세포네는 눈물을 머금고 어머니에게 달려와 무슨 일이 벌어졌는지 낱낱이 밝혔어. 그러나 데메테르가 듣고 싶은 것은 하나였어.

"제발 여기에서 지내는 동안 아무것도 먹지 않았다고 말해다오."

페르세포네는 먹은 게 없다고 맹세했어. 그렇지만 데메테르는 페르세포네의 거짓말을 눈치챘어.

결국 페르세포네가 솔직히 털어놓았단다.

"석류 씨 일곱 개밖에 안 먹었어요. 그게 엄청난 영향을 끼칠 줄 어떻게 알았겠어요?"

데메테르는 슬픔을 가눌 수 없었어. 딸과 함께 지하 세계 한복판으로 가서 하데스가 사는 궁전 입구에 섰어. 데메테르는 하데스에게 페르세포네를 풀어 달라고 애걸복걸했어. 무엇보다 페르세포네는 제우스의 딸이며 하데스의 조카라는 점을 강조했어.

말하자면 진짜이니 한 번만 봐 달라고 매달린 거야. 그렇지만 하데스는 페르세포네가 죽은 자의 땅으로 가져온 생기를 즐기던 참이었어.

둘은 팽팽히 맞서다가 제우스의 분노가 두려워 한 발씩 물러나기로 타협했어. 페르세 포네는 1년의 절반을 어머니와 생명의 땅에서 보내고 나머지 절반을 하데스와 지하 세계 에서 지내기로 했어. 데메테르는 순순히 동의했어. 그러자 지상의 모든 생명체도 그 법칙 에 따랐어. 페르세포네가 어머니와 함께 생명의 땅에 머무는 6개월은 환하고 따듯하여 꽃들은 하늘을 향해 기지개를 쭉 켰고 벌들이 붕붕 크게 소리 내며 그 주변을 맴돌았어. 그러다가 페르세포네가 지하 세계로 돌아간 시기에는 꽃잎이 시들어 떨어졌으며 암흑과 추위가 지상 세계를 덮쳤어. 이 이야기로 계절이 바뀌는 이유를 알 수 있단다.

알케스티스

페르세포네는 생명의 땅에서 계속 지내지 못했지만, 다른 여인이 그렇게 살아가도록 도와준 적이 있단다.

알케스티스는 남편 아드메토스를 우리가 감히 상상할 수 없을 정도로 사랑했어. 두 사람 모두 상대방이 없는 삶은 떠올리지도 않았단다. 오래전 아드메토스는 야생 동물과 사냥의 신 아르테미스에게 결혼식 날 밤에 특별한 기도를 바치겠다고 약속했어. 그런데 너무 바쁜 나머지 기도 올리는 걸 잊어버리고 말았어. 아르테미스는 아드메토스와 알케스티스의 침대에 꿈틀거리는 독사를 잔뜩 집어넣었어. 알케스티스는 결혼식 날 밤, 그 광경을 보았으나 두려워하지 않았어. 그저 도와 달라고 아폴론 신을 불렀단다.

아폴론은 당혹감을 감출 수 없었어. 뱀을 집어넣은 아르테미스는 자신의 누이였거든. 사실 아르테미스는 아폴론과 아드메토스가 오랫동안 우정을 나눈 사이라는 걸 잊어버리고 있었어. 아폴론은 이런 상황을 보상하기 위해 아드메토스에게 죽음이 찾아와도 누군가 대신 목숨을 내놓으면 살아남게 해 주겠다고 약속했어. 아드메토스는 아폴론의 선물을 기쁘게 받아들였어. 세월이 흘러 아드메토스가 죽음을 맞이하게 되었을 때 주변 사람들은 아무도 목숨을 선뜻 내놓지 않았어. 아드메토스는 아폴론의 선물이 쓸모 있을 줄 알았던 자신이 너무 순진했다고 생각했지.

마침내 숨이 막 넘어가려던 찰나에 방문이 벌컥 열리더니 알케스티스가 목숨을 내놓겠다고 소리쳤어. 알케스티스는 말을 마치자마자 바닥에 쓰러졌어. 알케스티스의 시신이 무덤에 묻히고 영혼이 지하 세계로 향할 때 아드메토스는 살아났어.

알케스티스는 지하 세계에서 페르세포네를
처음 만났어. 페르세포네는 감탄하기도, 당황스
러워하기도 하며 알케스티스의 이야기를 들었
어. 어떻게 다른 사람의 목숨을 자신보다 더 귀
하게 여길 수 있는지 이해하려고 했단다. 결국
때가 아닌데 지하 세계로 와서는 안 된다며 알
케스티스를 생명의 세계로 돌려보내 주겠다고
약속했어. 알케스티스는 하데스에게 자신의 목
숨 대신 아드메토스의 목숨을 절대로 거둬 가
지 않겠다는 다짐을 받아 내고 그 뜻을 받아들
였어. 페르세포네는 알케스티스를 데리고 지상
으로 이어진 통로를 지나 카론의 나룻배에 태웠
어. 자신이 나룻배를 타려면 3개월을 더 기다려
야 하는데 알케스티스를 생명의 땅으로 돌려보
낸 거야. 알케스티스는 자신의 목숨보다 더 사
랑한 남편과 오래오래 함께 살아갈 수 있었어.
알케스티스의 희생은 절대 헛되지 않았지.

생명의 땅

꼬마 올빼미는 마음이 놓였어요. 흰올빼미의 이야기를 듣고 나자, 할아버지 올빼미와 함께 지하 세계를 빠져나갈 수 있겠다는 희망이 생겼거든요. 두 올빼미는 날개를 퍼덕이며 어둠 속으로 계속 날아갔어요. 개굴개굴 요란하게 울어 대던 개구리 소리가 멀어지자 희한할 정도로 평온해졌어요. 영혼들은 올빼미들을 알아채지 못한 것 같았어요. 마치 아무 일도 없다는 듯 저마다 자기 일에 빠져 있었지요.

좀 떨어진 곳에서 어슴푸레한 빛이 할아버지 올빼미의 눈을 사로잡았어요. 무언가 신비로운 빛을 뿜어내는 듯했어요. 할아버지 올빼미는 생명의 세계로 돌아가는 길일지 모른다는 기대를 품고 자세히 보려고 다가가며 꼬마 올빼미에게 따라오라고 날갯짓했어요. 어떻게든 아테네 집으로 돌아가고 싶었거든요. 가까이 날아간 두 올빼미는 한쪽 구석의 기둥 받침대에 황금 올빼미가 세워진 걸 발견하고 깜짝 놀랐어요. 할아버지 올빼미는 조각상에 살그머니 다가갔어요. 그리고 그 올빼미가 누구인지 금세 알아차렸어요. 원래 모습이 떠오른 거죠. 바로 지혜 올빼미였어요. 할아버지 올빼미는 꼬마 올빼미를 가까이 오라며 불렀어요.

"무슨 일인데요?"

꼬마 올빼미는 걱정할 일인지 기뻐할 일인지 아리송했어요.

"얘야!"

꼬마 올빼미는 할아버지 올빼미에게서 그렇게 심각한 말투를 들어 본 적이 없었어요. 할아버지 올빼미의 목구멍에 뭔가 묵직한 게 걸린 느낌이었어요.

"지혜 올빼미를 소개하마."

할아버지 올빼미는 잠시 뜸을 들였어요.

"네 할머니란다."

할아버지 올빼미의 말이 끝나자 황금 조각상 안쪽 깊은 곳에서 뭔가가 파르르 떨렸어요.

황금 조각상은 꼼짝하지 않는데도 뭔가 할 말이 있는 것처럼 보였어요.

"제 할머니라고요?"

꼬마 올빼미는 놀라움을 감추지 못했어요.

"그렇지만 어떻게……. 무슨 일이 있었나요?"

황금 깃털 하나가 살짝 흔들렸어요.

"미다스 왕이 당신을 만졌소?"

할아버지 올빼미의 목소리는 금세라도 말이 끊길 듯 가늘어졌어요.

"겨울이라서 아테네에 쥐나 다른 먹잇감을 찾지 못해 당신이 프리기아로 날아갔잖소. 이런 이유로 당신을 다시는 볼 수 없었던 거요?"

쨍그랑! 갓 만든 금속물에서 들릴 법한 소리가 났어요. 지혜 올빼미가 고개를 끄덕였어요. 할아버지는 할머니의 황금 날개에 머리를 기댔어요. 할아버지 올빼미는 여태껏 걱정하면서 기다렸어요. 이제야 진실을 알았지요. 뭐든 금으로 만드는 미다스 왕의 손길에 아내가 황금으로 변해 버렸던 거예요. 할아버지 올빼미는 오래도록 헤어진 짝과 지하 세계에서 영원히 머물고 싶었지만 꼬마 올빼미는 살날이 아직 많이 남았다는 걸 떠올렸어요. 지혜 올빼미를 남겨 두고 떠나야 한다는 생각에 가슴이 미어져도 꼬마 올빼미와 아테네로 돌아가야만 했어요. 지혜 올빼미는 뻣뻣한 금속 날개 한쪽을 들어서 가리켰어요. 저 멀리 희미한 불빛이 보였어요. 또 다른 틈이었어요. 이제 밖으로 나갈 수 있어요! 할아버지 올빼미는 마지막으로 지혜 올빼미를 물끄러미 바라보았어요. 그러고는 몸을 돌려 꼬마 올빼미를 한쪽 날개로 감싼 채 공중으로 날아올랐답니다. 둘은 무거운 마음을 안고 강을 가로지른 뒤 구불구불한 통로를 빙글빙글 한참 돌고서야 생명의 세계로 빠져나왔어요. 할아버지 올빼미는 돌아보고 싶은 마음이 굴뚝같았지만, 꾹 참았어요.

마침내 두 올빼미는 수평선 너머 아테네의 불빛을 보았어요. 아테네를 아주 오래전에 떠난 것처럼 느껴졌어요. 할아버지 올빼미는 파르테논 신전 꼭대기에 앉았어요. 꼬마 올빼미는 그 옆에 자리를 잡았어요. 둘은 한참이나 침묵에 잠겼어요.

이윽고 할아버지 올빼미가 입을 열었어요.

"올빼미들이 어떻게 아테네에 도착했는지 궁금한 적 없니?"

"아니요, 우리는 여기에 늘 살았다고 생각했거든요."

꼬마 올빼미가 하품을 했어요. 부리를 얼마나 쫙 벌렸는지 아레오파고스 언덕의 나무들 뒤로 떠오르는 태양을 삼킬 것 같았어요.

할아버지 올빼미가 말을 이었어요.

"네 할머니와 내가 처음 도착했을 때 여기는 이런 모습이 아니었단다. 그 당시에는 올리브나무 한 그루만 있었어. 별로 튼튼해 보이지 않았지만, 아테나 신이 심은 나무라서 올빼미들이 모조리 모여 회의를 열어도 꿋꿋하게 버텨 냈어. 펠리온산의 소나무를 떠난 뒤로 집이라고 느껴진 곳은 처음이었단다. 정말 그랬지. 올리브나무가 단 한 그루 있을 때도 아테네 도시는 우리를 품어 주었어. 그 후로 우리는 아테나와 늘 함께였어."

태양이 마저 떠오를 때쯤 할아버지 올빼미는 꼬마 올빼미가 지칠 대로 지쳤다는 것을 알았어요. 날이 밝았으므로 둘은 자리를 잡고 잠을 청했어요. 할아버지 올빼미는 아테네가 어떻게 지금의 모습으로 탈바꿈했는지 꼬마 올빼미에게 마지막으로 설명하고 싶었어요.

케크로피아

    우리가 알고 있는 지금의 아테네는 아주 오래전에 케크로피아라고 불렸어. 케크로피아는 이곳에 터전을 잡은 케크롭스 왕의 이름에서 유래됐단다. 반은 인간이고 반은 뱀인 케크롭스는 황소처럼 커다란 덩치로 조그만 땅을 일궈 진흙밭을 만들었어. 신들은 그 모습이 영 못마땅했어. 케크롭스의 땅에 도시를 세운 뒤 신의 이름을 붙이고 싶었거든. 그렇다면 누구의 이름이어야 할까? 치열한 다툼 끝에 아테나 신과 포세이돈 신이 다른 신들을 물리치고 맞대결을 벌이게 되었어. 둘이 무기를 꺼내 들자, 제우스가 말렸어. 서로 타협하지 않으면 인간 세계에 무슨 일이 벌어질지 걱정되었거든. 제우스는 전쟁을 치르는 대신 선물로 경쟁하자고 제안했어. 케크롭스 왕이 선택한 선물의 주인이 새로운 도시의 수호신이 되고 자신의 이름을 도시에 붙이기로 정했어.

    신들은 어떤 일이 펼쳐질지 궁금해서 올림포스산 꼭대기로 모였어. 포세이돈이 먼저 나섰어. 삼지창을 높이 치켜들었다가 땅속 깊이 꽂자, 바위에서 샘물이 핑핑 솟아났어. 케크롭스는 백성들이 마시고 씻고 곡식을 재배할 물이 넘쳐나리라는 생각에 기쁨을 감추지 못했어. 도시의 이름은 포세이도나가 될 것 같았지. 그런데 케크롭스 왕은 샘물을 맛보고 마음이 바뀌고 말았단다. 샘물이 바닷물처럼 짰거든. 다음은 아테나 차례였어. 아테나는 주머니에서 올리브 씨앗을 꺼내 땅에 내려놓았단다. 신들은 잠시 침묵을 지키며 기다렸어. 이내 땅에서 올리브 나뭇가지가 불쑥 솟아났어. 나뭇잎들은 아름답고 섬세했으며 줄기는 굵고 튼튼했지. 케크롭스는 올리브나무에서 백성들에게 필요한 열매와 기름과 땔감을 얻을 수 있겠다고 생각했어. 포세이돈의 샘물보다 훨씬 마음에 들었지. 케크롭스가 아테나의 선물을 고르자 도시는 관대한 신의 이름을 따서 아테네로 지어졌지. 그 이름은 오늘날까지 이어지고 있단다.

푸리아

아테네가 생기고 재판은 오랫동안 열리지 않았어. 저마다 자신의 손으로 직접 벌을 내렸거든. 자신에게 해를 끼친 자는 비록 옳은 일을 했더라도 가만두지 않았어. 아테네 시민들은 일의 옳고 그름이 각자 처지에 따라 달라진다는 사실을 깨달았어. 이런 방식으로 계속 살 수는 없었지. 결국 아주 심각한 사건이 터지자 아테나가 나섰어.

아가멤논 왕은 아내 클리타임네스트라의 손에 살해됐어. 딸 이피게니아를 죽였거든. 아가멤논 왕에게는 자신의 행동을 변명할 기회가 없었어. 왕은 선원들과 함께 배에 타고 있었는데 집에 무사히 도착하려면 바람이 불어야 했어. 이를 위해 이피게니아를 신들에게 제물로 바쳤단다. 아가멤논 왕은 달리 뾰족한 수가 없었지.

아가멤논과 클리타임네스트라의 아들 오레스테스는 집에 도착하면 어머니의 목숨을 빼앗아 아버지의 죽음을 복수하겠다고 맹세했어. 어머니가 바닥에 쓰러져 죽음을 맞이한 순간 오레스테스는 등골이 오싹해졌어. 복수의 신들인 푸리아가 지하 세계에서 올라왔거든. 아테네에서 복수는 신들이 담당했어. 세 자매인 복수의 신들은 오레스테스가 어머니를 살해했으니 죽어 마땅하다고 생각했어. 아테나는 이 모든 일을 그냥 두고 볼 수 없었어.

아테나가 꿈꾸는 도시는 이렇지 않았어. 절차에 따라 일의 옳고 그름을 판단할 필요가 있었어. 아테나는 누군가 범죄를 저지르면 시민 열두 명이 양쪽에게 사건을 들어야 한다고 선포했어. 유죄나 무죄는 시민 열두 명이 투표하여 결정하도록 했지. 아울러 아테나는 복수의 신들인 푸리아와 타협했어. 푸리아가 복수를 내리는 대신 친절을 베푸는 조건으로 자신과 똑같이 아테네의 신 자리에 오르도록 했어. 아테나는 푸리아에게 '친절을 베푸는 자'라는 이름을 붙여 주었단다. 그리고 새로운 '정의'가 어떻게 이뤄지는지 지켜보았어.

미노타우로스

아테나 신 덕분에 아테네 시민들은 서로를 겨누던 복수의 칼날을 멈춘 듯했어. 그렇지만 아테나조차 아테네 시민들을 향한 다른 나라의 복수는 막지 못했어. 도시마다 슬픈 사연을 갖고 있어. 아테네 시민에게는 미노타우로스가 슬픔의 원천*이었어. 미노스 왕과 파시파에 왕비의 아들 안드로게오스는 아테네의 경기에 참여하려고 크레타에서 건너왔어. 안드로게오스는 모든 경기에서 상대의 코를 납작하게 만들었지만, 행운은 계속되지 않았어. 시기심에 눈이 먼 경쟁자에게 목숨을 잃고 말았거든. 안드로게오스의 아버지 미노스는 분을 참지 못하고 펄펄 뛰었어. 정예 부대를 이끌고 아테네로 가서 전투를 벌인 끝에 아테네 시민들을 굴복시켰어. 아들의 죽음을 복수한 뒤에도 미노스의 요구는 이어졌고 아테네 시민들은 거부하지 못했어.

여러 해 전, 미노스의 아내는 아름다운 흰 수소와 기이한 사랑에 빠져 아이를 낳는데 반은 인간이고 반은 황소인 미노타우로스였어. 아이는 자라나면서 점점 포악해지더니 마침내 사람을 먹어 치우기 시작했어. 미노스 왕은 자신의 왕국에서 가장 뛰어난 발명가 다이달로스에게 미노타우로스가 결코 빠져나가지 못할 공간을 궁전에 지어 달라고 요청했어. 다이달로스가 설계한 '미궁'은 어찌나 복잡한지 발명한 사람도 나갈 길을 찾지 못할 정도였다는구나.

미노타우로스를 가두긴 했으나 미노타우로스에게 줄 먹이가 필요했어. 미노스는 아테네 시민들에게 젊은 남자 일곱 명과 젊은 여자 일곱 명을 9년마다 크노소스로 보내라고 요구했어. 그들을 굶주린 미노타우로스에게 한 명씩 먹일 셈이었지.

원천 사물의 근본이나 원인.

154

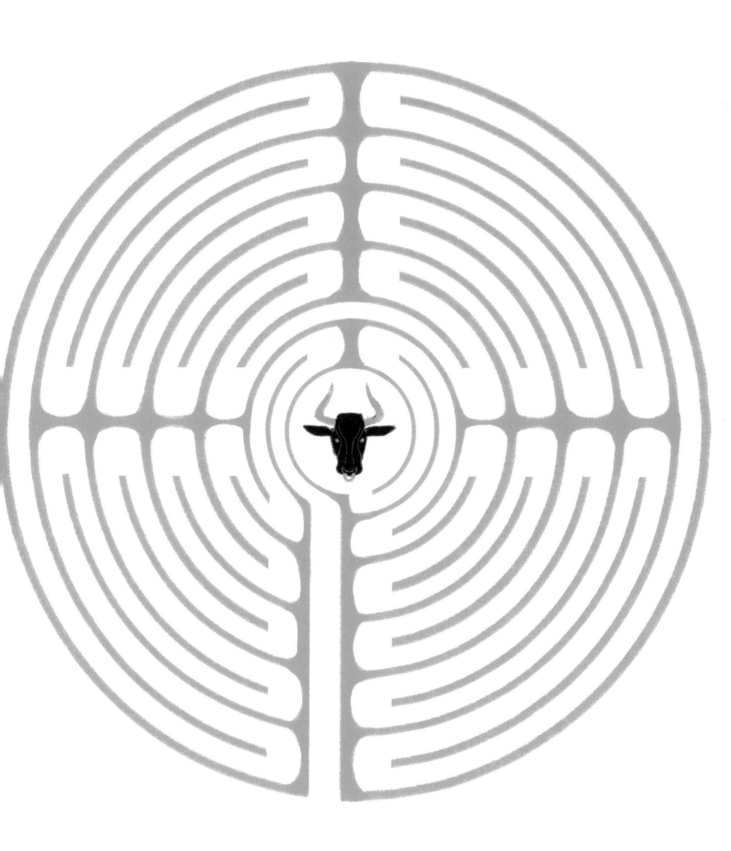

어느덧 27년이 흘렀어. 아테네 시민들은 9년마다 젊은이 14명을 뽑아서 크노소스로 보냈어. 세 번째로 젊은이들을 보낼 때가 되자 테세우스가 가겠다고 나섰어. 미노타우로스를 죽이고 아테네 시민들을 이 가혹한 운명에서 구해 내고 싶었거든. 배에 탄 청년 한 명과 자리를 바꾼 뒤 아버지에게 임무에 성공하면 돌아오는 배에 흰 돛을, 실패하면 검은 돛을 달겠다고 약속했어. 배에 탄 젊은이들은 크노소스에 도착하자마자 갑옷과 무기를 빼앗겼지만, 테세우스는 옷 주름 사이에 칼을 간신히 감춰 둘 수 있었어. 테세우스는 이번 일을 홀로 해결하지는 않았단다. 미노스 왕의 딸 아리아드네가 베틀의 실을 한 뭉치 건네주었거든. 테세우스는 그 덕분에 미궁에서 빠져나갈 흔적을 길게 남길 수 있었지. 아리아드네는 테세우스에게 살아서 아테네로 돌아간다면 자신을 데려가 달라고 했고 테세우스는 그러겠다고 약속했어.

테세우스는 암흑 속에 흔적을 남기려고 실 끝을 기둥에 묶은 뒤 실뭉치를 손에 들었어. 거대한 괴물이 드르렁드르렁 코를 골자 벽이 흔들렸어. 테세우스는 그 소리를 따라 미궁 깊숙이 성큼성큼 걸어갔어. 미궁 속에서 요리조리 방향을 바꿀 때마다 숨을 죽였어. 모퉁이를 도는 순간 괴물이 나타날 것 같았거든. 둘이 맞닥뜨릴 순간이 점차 가까워 오고 있었어.

이윽고 테세우스는 미궁 한가운데에서 잠에 빠진 미노타우로스를 발견했어. 공기 중에 썩은 고기 냄새가 진동했고 아테네 젊은이들의 해골이 바닥에 흩어져 있었어. 테세우스는 까치발로 잠든 괴물에게 가까이 다가갔어. 옷자락에서 칼을 꺼내는 순간 괴물이 깨어나 귀가 먹먹할 정도로 고함을 지르더니 날카로운 이빨로 테세우스를 물어뜯으려고 몸을 빙글빙글 돌렸어. 미노타우로스도 동작이 빨랐지만 테세우스가 더 빨랐어. 황소 괴물의 거대한 뿔을 움켜쥐고 단칼에 목을 베었어. 그러고는 어둠 속에서 더듬더듬 실뭉치를 찾아낸 뒤 실을 따라 문으로 향했어. 약속대로 아테네 젊은이들을 풀어 주었단다.

마침내 다들 의기양양한 모습으로 해안가에 도착했을 때 아테나가 테세우스 앞에 나타나 단호하게 명령했어.

"절대 돌아보지 말고, 당장 떠나거라."

테세우스는 아리아드네와 나눈 약속이 생각나 눈물이 차올랐지만 신의 뜻을 따랐어.

배에 올라탔어도 아리아드네가 떠올라 슬픔에 빠진 채 멍하니 앉아 있었어. 결국 넋이 나가 배에 매단 까만 돛을 하얀 돛으로 바꿔야 한다는 사실조차 잊어버렸어. 배는 금세 아테네에 이르렀고 돛대에서 까만 돛이 펄럭거렸어. 그 모습을 두 눈으로 똑똑히 본 아버지는 아들의 죽음을 확신하며 비통한 마음으로 바다에 빠져 죽음을 맞이했어.

159

다이달로스와 이카로스

　미노스 왕은 발명가 다이달로스가 미궁을 완성한 뒤 혹시라도 비밀을 퍼트릴까 봐 그와 아들을 탑에 가두었어. 탑에는 갖가지 시설이 갖춰져서 다이달로스와 그의 어린 아들 이카로스는 불편함 없이 살았지만, 어떤 대가를 치르더라도 자유를 찾고 싶었어. 탑은 너무 높아서 도저히 내려갈 수도, 설령 내려간다고 한들 배를 타고 섬을 벗어나기도 어려웠어. 배가 항구를 떠날 때마다 미노스 왕이 매의 눈으로 감시했거든.

　결국 다이달로스는 날개를 만들어 자유로운 새 삶을 살아야겠다고 결심했어. 창가에 여러 새가 남긴 각양각색의 깃털을 모은 뒤 밀랍으로 하나씩 붙였어. 마침내 작업을 마치고 새처럼 날개를 퍼덕퍼덕 위아래로 흔들자, 몸이 바닥 위로 떠올랐어. 다이달로스는 아들에게 나는 방법을 가르치기 시작했어. 충분히 연습했다는 판단이 들자, 다이달로스는 자신의 팔과 아들의 팔에 날개 한 쌍씩 매달았어.

　다이달로스는 탑을 떠나기 전에 아들에게 신신당부했어.

　"태양 가까이 날아가서는 안 된단다."

　다이달로스는 아들의 안전이 걱정됐지만 자유로워지려면 달리 방법이 없었어. 두 사람은 창문을 활짝 열어젖히고 펄럭펄럭 날갯짓하며 함께 바다 위를 쭉 날아갔어. 섬을 서너 개 지났을 때 이카로스가 위쪽으로 날아오르기 시작했어. 더 높이 오를 수 있다는 생각에 짜릿해하며 태양을 향해 솟아올랐단다. 그런데 뜨거운 밀랍이 발목으로 갑자기 방울방울 떨어졌어. 무시무시한 공포에 휩싸여 태양의 열기에서 멀리 벗어나려고 기를 썼지만 이미 늦고 말았어.

　날개가 녹아서 떨어지자, 이카로스는 발아래 바다로 풍덩 빠져 죽음을 맞이했어. 아버지는 아들을 찾으려고 바다 위를 날아다녔어. 그러나 바다에 떠다니는 깃털들을 본 순간

이카로스가 죽었다는 사실을 깨달았지.

다이달로스는 몇 달 동안 날마다 통곡했어. 얼마나 구슬프게 울었는지 근처에 사는 사람들이 바다의 이름을 '이카리아'라고 지었어. 다이달로스가 바다를 향해 외치는 아들의 이름을 귀에 못이 박히도록 들었거든.

드디어 집에 오다

할아버지 올빼미는 잠시 침묵에 잠겼어요. 올빼미들이 깜깜하고 서늘한 밤에 날아다 닐 수 있어서 정말 감사하다는 생각이 들었어요. 할아버지 올빼미는 꼬마 올빼미가 이 야기를 듣고 아주 소중한 가르침을 얻었기를 간절히 바랐어요. 머릿속에 지혜 올빼미가 떠올랐어요. 둘이 함께 살던 펠리온산을 떠나야 했던 날도 기억났지요. 올빼미들은 새 로운 곳에 도착할 때면 어떻게 이런 일이 벌어졌는지 이야기를 나누었답니다. 이제 꼬 마 올빼미도 모든 이야기를 알게 되었지요.

할아버지 올빼미는 그 이야기를 통해 꼬마 올빼미가 거만하지 않고 약속을 지키며 다 른 사람에게 친절하고 불의에 맞설 수 있기를 바랐어요. 무엇보다 아주 낯선 장소조차 집이 될 수 있다는 사실을 가르쳐 주고 싶었어요. 그 말을 전하려고 돌아보니 꼬마 올빼 미는 이미 잠들어 있었어요. 할아버지 올빼미는 숨을 길게 내쉬고 고개를 돌려 보금자 리 아테네를 둘러보았어요. 사람들이 하나둘 돌아다니기 시작했어요. 날이 밝았으니 해가 질 때까지 푹 자야 할 시간이지요.

할아버지 올빼미는 이 세상에 관한 신화를 선물처럼 전해 주었어요. 꼬마 올빼미는 그 순간을 결코 잊지 못할 거예요. 앞으로 자신만의 방식으로 풀어 나갈 테니 이야기는 그때마다 조금씩 바뀌겠지요. 신화는 결코 똑같이 전해지지 않는 법이니까요. 할아버 지 올빼미가 스르르 눈을 감았어요. 드디어 마음 편히 잠들 수 있었어요. 꼬마 올빼미가 세상 어느 곳을 날아다니더라도 올빼미들의 이야기가 남아 있는 한 집으로 돌아올 테니 까요.

아테나와 올빼미의 뒷이야기

아테나가 왜 금눈쇠올빼미라고 불리는 꼬마 올빼미를 특별한 짝으로 선택했는지 분명히 아는 사람은 없어요. 고전 문학작품에서는 아테나와 꼬마 올빼미를 눈이 초롱초롱하며 대단히 똑똑하다고 소개해요. 둘 다 전쟁과 특별한 관계를 맺고 있답니다. 아테네 사람들은 전쟁터에 올빼미가 나타나면 승리할 거라고 여겼어요.

무슨 이유인지 올빼미는 아테나 이야기의 거의 처음부터 함께 등장했으며 아테네 도시와도 인연이 깊었어요. 기원전 6세기 이후 아테네 동전에 올빼미가 새겨졌어요. 각종 대회의 상이나 축제에 사용하는 항아리에도 올빼미가 자주 나타났답니다. 심지어 그리스 신인 아테나가 로마의 미네르바 신으로 바뀌어도 올빼미는 사라지지 않았지요. 로마 제국의 시인 오비드의 작품 <변신 이야기>에서 까마귀는 올빼미가 신들의 싱스러운 새의 지위를 차지했다는 사실을 두고 불평을 늘어놓았어요.

올빼미는 이야기와 오랫동안 관련이 있었어요. 로마인들은 올빼미와 이야기의 관계를 위험하다고 여겼어요. 올빼미 깃털을 잠든 사람 곁에 두면 비밀 이야기를 털어놓게 된다고 생각했거든요. 고전 문학에는 이야기를 나누는 새들이 종종 등장하는데 가장 지혜로운 금눈쇠올빼미, 즉 꼬마 올빼미야말로 전쟁과 공예와 지혜의 신인 아테나의 가장 완벽한 짝인 동시에 아테네의 옛이야기와 딱 어울리는 새예요.